本所おけら長屋(二十)

畠山健二

PHP
文芸文庫

○本表紙デザイン＋ロゴ＝川上成夫

本所おけら長屋（二十）　目次

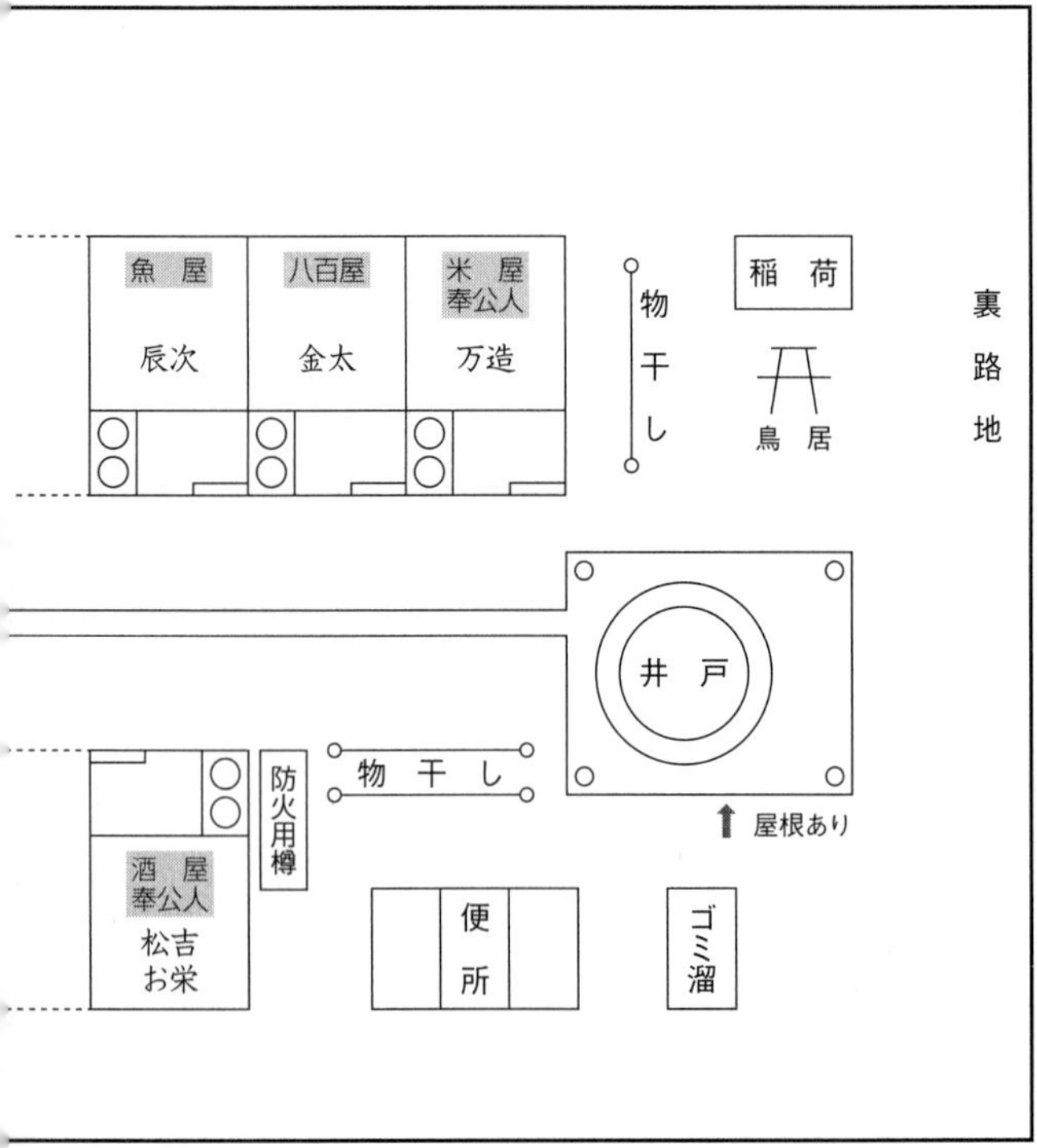

魚屋
辰次
八百屋
金太
米屋
奉公人
万造
物干し
稲荷
鳥居
裏路地
井戸
屋根あり
防火用樽
物干し
酒屋
奉公人
松吉
お栄
便所
ゴミ溜

本所おけら長屋の見取り図と住人たち

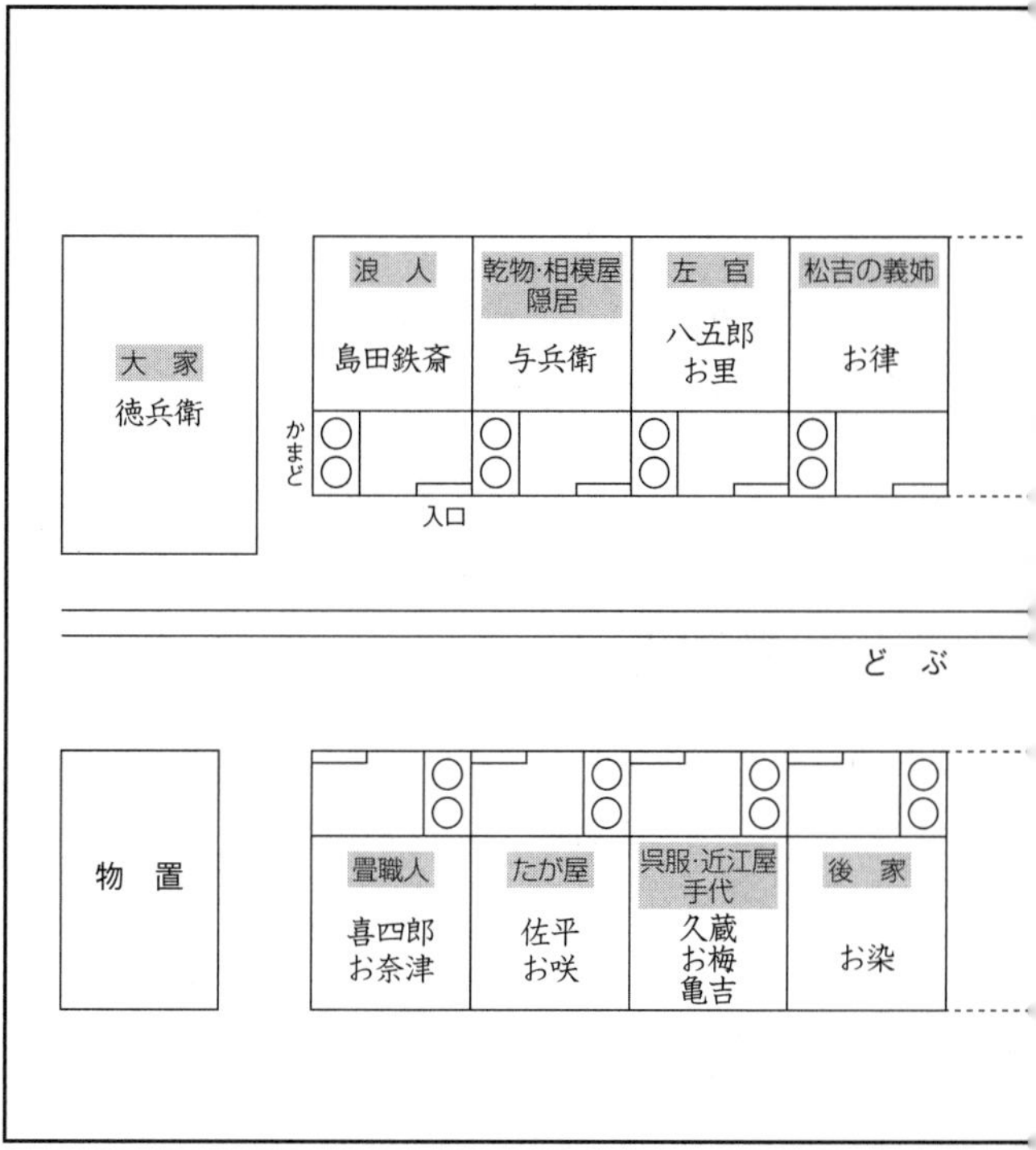

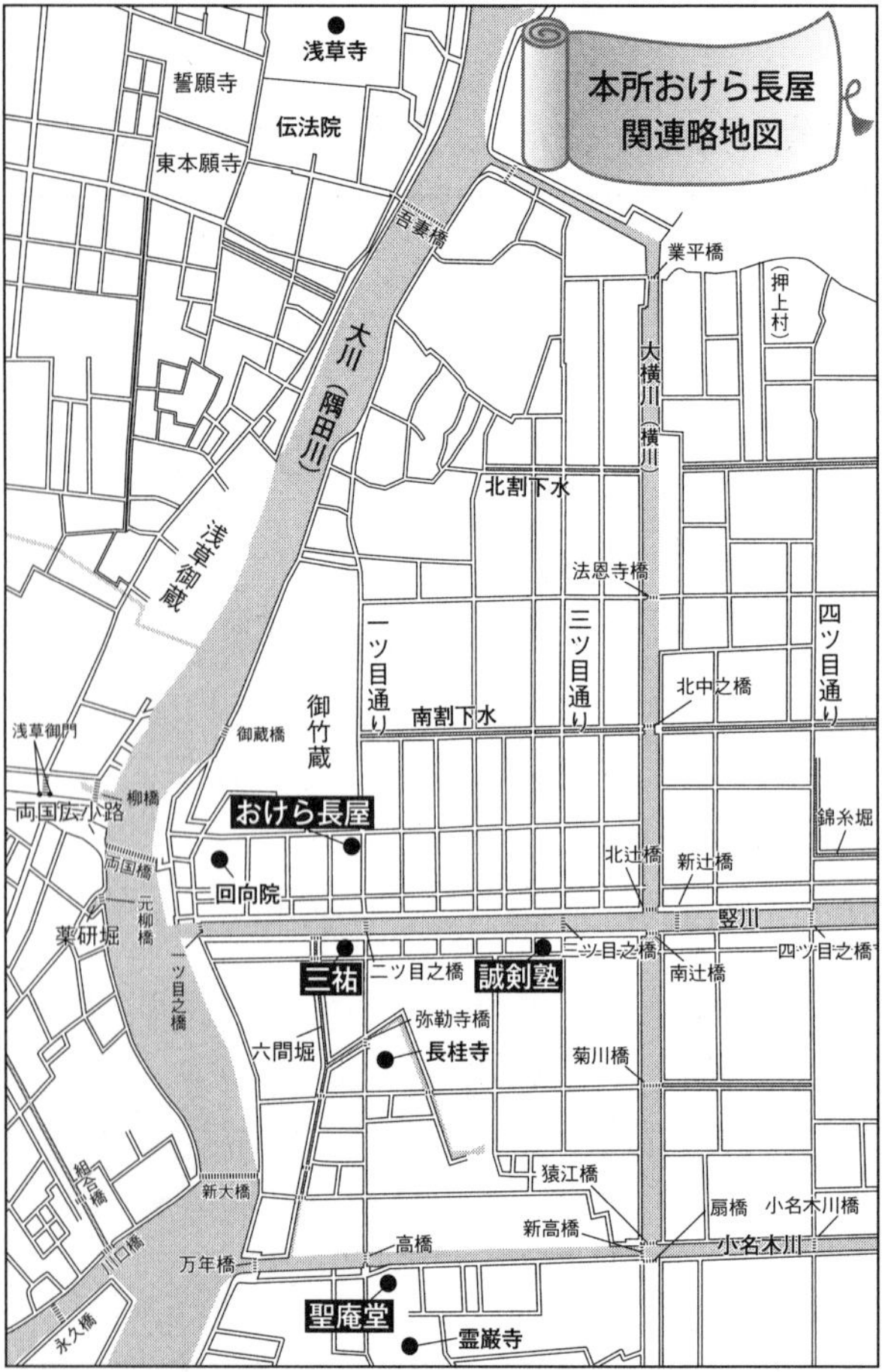
本所おけら長屋
関連略地図
浅草寺
誓願寺
伝法院
東本願寺
吾妻橋
業平橋
（押上村）
大川（隅田川）
大横川（横川）
北割下水
浅草御蔵
法恩寺橋
一ツ目通り
三ツ目通り
四ツ目通り
北中之橋
南割下水
御竹蔵
御蔵橋
浅草御門
両国広小路
柳橋
おけら長屋
錦糸堀
回向院
両国橋
北辻橋
新辻橋
元柳橋
竪川
薬研堀
一ツ目之橋
二ツ目之橋
三ツ目之橋
南辻橋
四ツ目之橋
三祐
誠剣塾
弥勒寺橋
六間堀
長桂寺
菊川橋
猿江橋
組合橋
新大橋
扇橋
小名木川橋
新高橋
高橋
小名木川
川口橋
万年橋
聖庵堂
霊巌寺
永久橋

本所おけら長屋（二十）　その壱

おとこぎ

一

聖庵堂《せいあんどう》の渡り廊下に出たお満《まん》は、両手を広げると大きく息を吸い込んだ。

「ふう……。あっ。お律《りつ》さん。もうすぐ陽《ひ》が暮れるのに洗濯ですか。手があいたので、私も手伝いますね」

裏庭では松吉《まつきち》の義姉《あね》、お律が手拭《てぬぐ》いと包帯を干《ほ》している。お満は庭に飛び降りた。

「とんでもない。これは私の仕事ですから。お満先生は、昨夜《ゆうべ》も急な患者があって寝てないんでしょう。少し休んでください。今日は忙しくてね。洗濯は終わってたんですが、干せなくて……。雨は降りそうにありませんから、干しても大丈夫ですよね」

お満は空を眺《なが》めた。

「ええ。大丈夫だと思います」

お満は籠《かご》の中にあった手拭いを手に取り、しわを伸ばして、お律に手渡す。

「お律さんが聖庵堂に来てくれて、本当に助かってます」

お律は、受け取った手拭いを物干し竿《ざお》にかけながら――。

「助かっているのは私の方です。印旛《いんば》の田舎《いなか》から江戸に出てきて、右も左もわからない私を使っていただいているのですから」

お律はどこまでも控えめだ。

「お満。ちょっと来てくれ」

奥から聞こえるのは聖庵の声だ。

「お律さん、ごめんなさい。手伝いにはならなかったみたい」

お律は微笑《ほほえ》みながら、お満から手拭いを受け取った。

お満が部屋に入ると聖庵は筆を置いて、お満の方を向く。

「先生。何か御用でしょうか」

「まあ、そこに座れ」

改まった聖庵の仕種《しぐさ》に、お満は心持ち身構えた。

「わしが長崎《ながさき》で医術を学んだときの仲間が、今は千代田城《おしろ》の御典医《ごてんい》になっておってな……」

お満は思う。聖庵が立身出世《りっしんしゅっせ》を望んだなら、今ごろは御典医となり、大きな屋敷《やしき》に住んでいるに違いない。だが、聖庵は貧しい者たちのために己《おのれ》の医術を捧《ささ》げた。お満は、そんな聖庵の弟子《でし》であることに誇りを持っている。

「確か、大久保蒼天《おおくぼそうてん》先生でしたよね」

「そうじゃ。その蒼天から文《ふみ》が届いてな」

聖庵の机の上には白い封書が無造作に置いてある。

「この国の医術は、西洋と比べて著《いちじる》しく劣《おと》っている。わしたちが長崎で学んだときにも強く感じたことだが、依然としてその差は縮《ちぢ》まってはおらん。そこで、蒼天は御老中《ごろうじゅう》に掛け合ったそうだ。西洋から優秀な医者を招き、長崎に医術学問所を立ち上げて、この国の医術を向上させるべきだと」

お満は頷《うなず》いた。

「だが、長崎で学ぶためには金がかかる。そこで、蒼天は御老中にこう言った。留学にかかる金は御上《おかみ》が負担すべきだとな。御老中は開明なお人だ。蒼天の意見に強く同意して、思うままにせよと内諾《ないだく》してくださったという」

聖庵が長崎に留学することができたのは、聖庵を想うお歳《とせ》という女が身を売って、その金を作ってくれたからだ。そのお歳は胸を患《わずら》い、聖庵が二年の長崎留学を終えて江戸に帰ってくるのを待つようにして、この世を去った。聖庵がいまだに独《ひと》り身《み》でいるのは、お歳が胸の中で生きているからだ。

「前置きが長くなったがな、蒼天からの文には、若く志《こころざし》の高い医者を推挙してほしいと書いてあった。どうだ、お満。長崎に行ってみる気はあるか」

思いがけぬ言葉に、お満は息を止めた。

「わ、私が……、ですか」

「そうだ。なんぞ、不服でもあるのか」

「い、いえ。わ、私にそんな大役が務《つと》まるとは思えません。それに、私は女です。長崎留学など、御上が許すとは思えません」

聖庵は吹き出した。

「お満の言葉とは思えんな。そんな考えが、この国の医術を後《おく》らせているのだ。よいか。この世は半分が男、半分が女なのだぞ。女の身体《からだ》のことは女にしかわからないことが多いはずだ。ならば、女の医者が求められるのが道理というものじゃろう。そうは思わんか」

「そ、それはそうですけど……」

「それにこれは御老中の肝煎《きもい》りだ。身分も、男も女も、そんなことはどうでもよい。大切なのは、人々のためになるかだ。お前は、それに相応《ふさわ》しい医者だ。この聖庵が言うのだから間違いはない」

聖庵は強くなった語気を弱めた。

「今すぐに返事をしろとは言っておらん。よく考えてみることだ」

お満の頭には万造《まんぞう》の顔が浮かんだ。

「あ、あの……。長崎留学には何年、行くことになるのでしょうか」

「短くても三年と聞いているが……」

「三年……」

頭に浮かんだ万造は、素《す》っ頓狂《とんきょう》な表情《かお》をしている。

「お満。お前の人生だ。何が正しくて、何が正しくないかなど、他人が決められることではない。医者としての道を極《きわ》めるもよし、このまま聖庵堂で働くもよし、女としての幸せをつかむもよし。すべてはお前が決めることだ」

お満は聖庵の言葉を繰り返す。

「医者として……。女として……」

お満は自分がどちらを望んでいるのか、すぐに答えることができない。

「ははは。今のお前には酷《こく》な話をしてしまったかもしれんな。わしは人を苦しめることが好きな医者だからのう。ははは」

お満は、聖庵らしい冗談に苦笑《にがわら》いする。

医者という仕事を全《まっと》うすることに迷いはない。そして、万造に対する思いにも迷いはない。だが、お互いの気持ちをはっきりと確かめ合っていない中での三年間……。聖庵は、そんなお満の心などは、お見通しなのだろう。

表口《おもてぐち》から騒がしい物音が聞こえる。

「女先生〜。いねえのか〜。女先生よ〜」

声の主《ぬし》は万造だ。

「ほら、お前の悩みの種が来たぞ。何かが起こったようだが、それが万造だったら、馬鹿《ばか》につける薬はないと言え」

お満が表口に向かうと、すでにお律が駆けつけていた。

「お満先生。万造さんが怪我《けが》を……」

だらりと垂《た》れ下がった万造の左手の指先からは、血が滴《したた》り落ちている。

「ど、どうしたのよ。早くこっちに上がって」

万造は顔をしかめながら――。

「そうしてえところだが、おれよりも上手《うわて》がいるもんでよ」

島田鉄斎《しまだてっさい》が年老《としお》いた男を抱《かか》えるようにして入ってきた。

「合口《あいくち》で刺されている。急所は外《はず》れているようだが」

お満は土間《どま》に駆け降りる。

「お律さん。聖庵先生を呼んできてください。島田さん。申し訳ありませんが、この人を中まで運んでくれませんか」

すぐにやってきた聖庵は、お律の手を借りて男を寝かせ、治療にあたる。その横で、お満が万造の袖《そで》を捲《まく》り上げると、二の腕に二寸《すん》（約六センチメートル）ほどの浅い傷があった。

「刃物で斬《き》られたのね。血止めをすれば大丈夫。一体どうしたのよ。聖庵堂にはね、馬鹿につける薬はないのよ」

「うるせえ。こっちが訊《き》きてえや。イテテテテ。もうちょっと優しくできねえのかよ。湯屋《ゆや》で鉄斎の旦那《だんな》と会ってよ。三祐《さんゆう》に行く道すがら、竪川《たてかわ》沿いでその爺《じい》さんが、四人の男に襲《おそ》われてたんでえ。旦那が助けに入らなきゃ、間違《まちげ》えなく殺されてたぜ、その爺さんは。イテテテ。痛《いて》えって言ってるだろうが」

「うるさいわね。少しは我慢しなさいよ」

「旦那が二人の男の合口を叩《たた》き落としたんだが、残りの二人がしつこく爺さんを狙《ねら》ってくる。おれが爺さんを庇《かば》ったんだが、不覚を取っちまったってわけよ。イテテテ」

「それで、その男たちは……」

「旦那が刀を抜くと、逃げていきやがった」

聖庵は治療をしながら——。

「物盗《ものと》りの類《たぐい》ではないようだな。刺し方に躊躇《ためら》いがない。どうみる。島田さん」

「ええ。殺すことが狙いだったようです。それで先生、この人は……」

聖庵は血の付いた布を何度も取り替える。

「死ぬような傷ではない。だが、あと二寸下だったら助からなかっただろう」

お律は聖庵に布を渡す。

「先生。奉行所《ぶぎょうしょ》に知らせなくてよいのでしょうか」

「そんなこたあ、しなくてもいい」

年老いた男は目を瞑《つむ》ったまま、唸《うな》るように言った。聖庵は手を止める。

「お前さん。気を失っていたのではないのか。これだけの傷を負って、唸り声ひとつ上げげんとは見上げたものだ。そこにいる馬鹿とは大違いだな」

「イテテテテテっと」

万造は嫌《いや》がらせのように大声をあげた。

鉄斎は男に尋ねる。

「もしかすると、襲った者たちを知っているのではありませんか」

男は黙った。万造は、その男の顔を覗《のぞ》き込む。

「イテテテ。どこかで見た顔だと思ってたんでえ。その渋い物言いで思い出したぜ。神田一帯《かんだいってえ》を縄張《しま》にしている博徒《ばくと》、明神一家《みょうじんいっか》の先々代、三津五郎《みつごろう》さんじゃねえですかい」

鉄斎は万造の近くに寄る。

「万造さん、この人を知っているのか」

「ほら。弥太郎《やたろう》が骨董《こっとう》に凝《こ》ったことがあったでしょう。あの騒動のときに、阿部《あべ》川町《かわちょう》にある骨董屋、竹林堂《ちくりんどう》で……」

三津五郎は目を開いた。

「おめえさん。草履《ぞうり》屋の馬鹿息子を知ってるのかい」

「知ってるどころの騒ぎじゃねえですよ。うちの長屋で預かったこともあるんですがね。あの馬鹿野郎《やろう》には、どれだけ振り回されたことか」

三津五郎は横目で万造を見た。

「おめえさん。〝まんぞう〟と呼ばれていたようだが、亀沢町《かめざわちょう》にある、おけら長屋の……」

「三津五郎さん。あっしのことを知ってるんですかい。へへへ。あっしもそっちの方面じゃ、ちょいと知られる男になったってことか……」

「ああ。弥太郎から聞いたことがあるぜ。本所《ほんじょ》で馬鹿と言えば、おけら長屋の万造と松吉だってな」

万造はずっこける。

「イテテテ。あの野郎。さんざっぱら世話になっておきながら、許さねえ……」

弥太郎は、神田川《かんだがわ》に架《か》かる新《あたら》シ橋《ばし》の近く、久右衛門町《きゅうえもんちょう》にある草履屋、飯田屋《いいだや》の跡取り息子で、おけら長屋の大家《おおや》、徳兵衛《とくべえ》の遠縁にあたる。

絵に描いたような放蕩《ほうとう》息子で、父親の九兵衛《きゅうべえ》は性根《しょうね》を叩き直してほしいと、おけら長屋に預けたのだが、箸《はし》にも棒にも掛からぬお調子者だ。これまでも、十手持《じってもち》ちや火消《ひけし》に憧《あこが》れて、周りの者たちを散々《さんざん》手こずらせてきた。

三津五郎は苦痛に顔を歪《ゆが》めながら――。

「おれは、飯田屋を贔屓《ひいき》にしてるんでえ。弥太郎はロクな草履を持ってこねえがな。ところで、先生よ。世話になったな。薬礼《やくれい》は明日持ってくるってことでいいかい。今は五両《りょう》ほどしか持ち合わせがねえもんでな」

お満が口を挟《はさ》む。

「世話になったなって、帰るつもりなんですか。この傷じゃ、半月近くは動けませんよ。それに、五両しかかって。聖庵堂の薬礼はそんなに高くはありません」

今度は万造が口を挟む。

「それじゃ、とりあえず、その五両は、あっしがお預かりしておきやしょう。紙入れはどこにあるんで……」

万造は手を出す。

「イテテテテ」

「馬鹿ねえ。斬られた方の手を出すんだから」

お満は三津五郎の方を向いた。

「とにかく、しばらくはここの離れにいてもらいます。そうですよね、聖庵先生」

三津五郎は起き上がろうとして、万造の手を引っ張った。二人は同時に声を上げる。

「イテテテテテ」

聖庵は大声で笑う。

「五両も持っている上客なら、ゆっくりしていってもらわねばならんな。わははは」

三津五郎は観念したように横たわると、目を閉じた。


その夜遅く――。

お満とお律は、離れにいる三津五郎の様子を見るために、聖庵堂の母屋《おもや》から出て、渡り廊下に差しかかった。そのとき、お律がだれかに羽交《はが》い絞《じ》めにされた。

「声を出すな。おとなしくしてりゃ、命まではとりゃしねえ」

お律は頬《ほお》に冷たいものを感じた。合口の刃だろう。お満は目を凝らすが、相手は頬《ほ》っ被《かぶ》りをしているので顔は見えない。

「その人を放しなさい。あなたはだれなんですか」

「そんなことはどうでもいい。夕方に怪我をして運ばれてきた爺《じじい》がいるだろう。あの爺はどこにいる」

「それは……」

「おめえに訊いてるんじゃねえ」

その男は、お律の身体を揺すった。

「おめえに訊いてるんだよ。殺されたくなければ答えろ」

「あ、あの方なら、亡くなりました」

「死んだだと〜」

「ええ。血が止まらなくて……」

「亡骸《なきがら》はどこにある」

「奉行所に引き渡しました。どこのだれなのか、わからなかったので」

「嘘《うそ》をつけ。そんな者が出入りした様子はなかったぜ」

お満が機転を利《き》かす。

「ここは治療院です。亡くなった方は裏口からと決まっていますから」

男はしばらく黙っていた。二人の言っていることが本当なのか考えているのだろう。

「おれがここに来たことは忘れろ。いいな」

男は渡り廊下から中庭に飛び降りると、闇《やみ》の中に消えていく。お律は腰が抜けたのか、その場にへたり込んだ。

「お満さん。あれでよかったのでしょうか。島田さんから言われていたことを、とっさに思い出したんです」

「上出来です」

「お満さんだって、亡骸は裏口からだなんて見事な切り返しでしたよ」

「三津五郎さんが亡くなったというのは筋書《すじが》き通りでしたが、あとは、口が勝手に動いてしまって……」

お満の足はまだ震《ふる》えている。

「お、お律さん。頬が……」

お律の頬には血が滲《にじ》んでいた。

二

翌朝、三津五郎が目を覚ますと、枕元には鉄斎、万造、お満が座っている。お満は三津五郎の額《ひたい》に手をあてた。

「薬が効《き》いて、よく眠れたみたいですね。こっちは一睡もできませんでしたけど」

三津五郎は怪訝《けげん》そうな表情《かお》をする。お満は続ける。

「昨夜遅くに、お客さんがありましてね。あなたの命を奪いに来たんです。うちのお律さんは殺されそうになったんですよ」

三津五郎は驚いたようだ。

「そ、それで、お律さんは……」

「合口で頬に傷をつけられました。島田さんに言われていたんです。もし、あの怪我人はどうしたと尋ねられたら、亡くなったと答えてほしいと。島田さんはこうなることを察してたんですよ」

鉄斎は鼻の頭を掻《か》いた。

「竪川で三津五郎さんを襲った四人は尋常ではなかった。気になるだろうな、三津五郎さんがどうなったか。あの者たちは、三津五郎さんが聖庵堂に担《かつ》ぎ込まれたのを見届けたはずだ。まさか、夜中に襲ってくるとは思わなかったがな。私の考えが甘かったようだ」

万造は優しい口調で――。

「三津五郎さん。話しちゃもらえませんかねえ。これには理由《わけ》があるんでしょう。おれたちだって、これだけ関わっちまったんだから、見過ごせませんや。お律さんだって、一歩間違《まちげ》えりゃ、どうなってたかわからねえんだぜ」

三津五郎はしばらく黙っていたが――。

「二回《にけえ》も命を助けられたんじゃ、黙っているわけにはいかねえな。断っておくが、命なんざ惜《お》しかねえ。おめえさんたちに助けてもらった義理を返さねえわけにはいかねえからだ。ただし……」

「わかってますって。余計なことは言わねえし、野暮《やぼ》なこともしませんや。それに三津五郎さんは死んじまったことになってやすから。死んだってことにすりゃ、もう命を狙われることもねえですからね」

「おれが死んだだと。冗談じゃねえ」

三津五郎は吐き捨てるように言った。

三津五郎は名代《なだい》の悪童《あくどう》で、奉公先《ほうこうさき》から逃げ出し、十五歳になったころには、仲間を束《たば》ねて喧嘩《けんか》はするわ、賭場《とば》を開くわと、一端《いっぱし》の博徒気取りだった。

このままでは島送りどころか、行きつく先は獄門台《ごくもんだい》だと心配した父親は、町内の棟梁《とうりよう》に相談する。

「三津五郎みてえな馬鹿は、明神一家で面倒を見てもらうしかねえな。おれが元《もと》締《じめ》に頼んでやろう。おれは昔から三津五郎のことは買ってたんだぜ。暴れん坊だが、曲がったことはしねえ。明神一家で男を磨《みが》きゃ、一人前《めえ》の博徒になれるだろうよ」

棟梁は三津五郎の首根っこを押さえつけ、明神一家に連れていった。元締、仁《じん》五郎《ごろう》は三津五郎の顔をしげしげと眺める。

「なかなかの面構《つらがま》えじゃねえか」

棟梁は三津五郎の頭を押さえつけた。

「ほれ。頭を下げて、お願《ねげ》えしますと言わねえか」

こうして明神一家の若衆となった三津五郎だが、修業は厳しいものだった。

「客人の草履は丁寧《ていねい》に並べろ。ずれてるじゃねえか」

賭場での下足番《げそくばん》は三年も続いた。居眠りをしていると兄貴分から拳《こぶし》が飛んでくる。

「馬鹿野郎。手入れや盆荒《ぼんあ》らしがあったときは、まず、下足番が身体を張って食い止めるんでえ。その間に客人のみなさんを逃がすんだからな。気を抜くんじゃねえぞ」

仁五郎からは任侠《にんきょう》の道を学んだ。

「三津五郎。弱きを助け強きをくじく、義のためには命も惜しまねえのが任侠だ。与太者《よたもん》と博徒は違うってことを忘れるんじゃねえ」

「道の真ん中を歩いちゃならねえ。真ん中は堅気《かたぎ》さんの歩くところなんでえ。おれたちみてえな半端者《はんぱもん》は道の端を歩くんだ」

「いいか。堅気の方々には決して手を出しちゃならねえ。おれたちは堅気さんのおかげで飯《めし》が食えてるんだからな」

明神一家は博打《ばくち》の上がりを生業《なりわい》にしていたが、神田一帯の治安を守ることも忘れてはいなかった。

「江戸にゃ、あちこちから流れ者が入《へぇ》ってくる。その日暮らしの無宿人《むしゅくにん》どもよ。そんな連中が明神一家の縄張《しま》で騒ぎを起こしたら、命に代えても叩き出さなきゃならねえ。奉行所はそんな騒ぎにゃ、知らん顔だからな。縄張内《しまうち》での堅気のみなさんの暮らしは、明神一家が守る。それが博徒の掟《おきて》ってもんだ」

居酒屋で流れ者が暴れていると聞けば、風を切るようにして駆けつける。三津五郎はいつもその先頭にいた。身体は小さかったが、度胸があって喧嘩が強く、男気《おとこぎ》にこだわる三津五郎は〝火の玉〟と呼ばれた。そして、一人前の俠客《きょうかく》へと育っていく。

三津五郎は二十五歳になると、盆の仕切りを任されるようになり、神田界隈《かいわい》では一目《いちもく》置かれる俠客となった。

そのころ明神一家の縄張では面倒なことが起こっていた。所場荒《しょばあ》らしだ。上方《かみがた》から尾張《おわり》一帯を縄張にする弁天《べんてん》一家が、若い者たちを江戸に送り込んできたのだ。その人数は五十人とも言われていた。

狙いはもちろん、江戸の博徒たちが治める縄張を奪うことだった。明神一家とて例外ではない。弁天一家の連中は、明神一家の縄張内で騒ぎを起こす。居酒屋で暴れて店を滅茶苦茶にしたり、商家では因縁《いんねん》をつけて、金を脅《おど》し取り、相手が断れば大暴れをした。

そして、ついには賭場にまで顔を出して因縁をつけるようになった。弁天一家の狙いは、明神一家と揉《も》め事《ごと》を起こすことだったからだ。

その日、盆を仕切っていたのは、三津五郎だった。一階の下足番がだれかと揉めている声が聞こえる。

「申し訳ございやせん。うちは振りの客人を上げることはできねえんです」

「堅いことを言わんでもいいいやないけ。銭《ぜに》ならぎょうさん持っとるで。おう。上がらせてもらえや」

「お待ちくだせえ」

「やかましいわ」

激しい音がした。おそらく下足番が殴《なぐ》られて倒れたのだろう。数人が階段を上がってくる音がする。賭場にいた客人たちの間にも差し迫った気配が流れた。そこに四人の男が入ってきた。兄貴格の男は楊枝《ようじ》を咥《くわ》え、はだけた着流しの胸元からは、彫《ほ》り物と白いサラシが見えている。

「交ぜてもらうで」

三津五郎はその男の言葉には耳を貸さず――。

「本日はこれでお開きとさせていただきやす。どなたさんもお引き取りくだせえ」

明神一家の若い者たちが、客人たちを急《せ》かすようにして立たせ、賭場の外に出した。

「おう。どういうことや。わしらは厄介者《やっかいもん》っちゅうことか」

兄貴格の男は近くにあった煙草《タバコ》盆を蹴《け》り飛ばした。

「三津五郎兄《あに》い……」

明神一家の若い者たちは、おどおどするばかりだ。三津五郎は少しも慌《あわ》てない。

「草履のまま上がり込んでくるとは、とんだ礼儀知らずのようで。弁天一家の方々でございますか」

「だったら、どないするいうんや」

三津五郎は若い者に――。

「客人方は、お帰りになったかい」

「へい」

「そうかい。客人が帰ったとなりゃ……、こうするんでえ」

三津五郎は兄貴格の男に飛びかかると、馬乗りになり、男の鼻先に、抜いた合口の刃先を突きつけた。

「江戸の博徒を舐《な》めてもらっちゃ困りますぜ」

弁天一家の若い者は懐《ふところ》に手を入れる。

「動くんじゃねえ」

三津五郎は合口を振り上げると、一気に振り下ろす。刃先は兄貴格の男の頬をかすめて畳《たたみ》に突き刺さった。男の頬からは血が流れる。

「弁天一家のみなさんが集まってるところに案内《あんねえ》していただけますかね……。な、なんでえ、気を失っちまったのか」

三津五郎は横に立っていた男の足を払って尻餅《しりもち》をつかせると、喉元《のどもと》に合口を突きつけた。

「おめえさんでもかまわねえぜ。さあ、案内してもらおうか。おう。こいつらは縄で縛りあげて、裏の納屋《なや》に放り込んでおけや」

三津五郎は、弁天一家が居ついていた寺の離れに単身で乗り込む。

そこには弁天一家の荒くれ者たちが十人ほどたむろしていた。三津五郎一人をどうにかするなど容易《たやす》いことだ。

だが、三津五郎の気迫と度胸に弁天一家の連中は度肝《どぎも》を抜かれた。

「神田から、いや、江戸からは手を引いてもらいてえ。無駄な血は流したくねえからな」

弁天一家の連中は、恐れ入りましたと頭を下げた。三津五郎は若くして、明神一家の看板と呼ばれる男になったのだ。


天井《てんじょう》を見つめながら話していた三津五郎は目を閉じた。

「もう、四十年も昔の話だ」

万造は感心しきりだ。

「なんとも痺《しび》れる話じゃねえか。弥太郎が憧れるのもわかるってもんだぜ」

「馬鹿を言うんじゃねえ。早死にするだけだ」

三津五郎は目を開いた。

「さて、話は本丸に入《へえ》るぜ。おれは博徒の掟を守り通した。四十五で明神一家の元締になってからも、若い者たちには厳しく流儀を叩き込んだ。堅気のみなさんには決して迷惑をかけちゃならねえとな。だから、明神一家は奉行所からも一目置かれていた。奉行所と博徒は持ちつ持たれつだ。奉行所が手を出せねえ裏の仕事は、おれたちが引き受けるって寸法よ」

「泣く子も黙る明神一家と呼ばれる由縁《ゆえん》だぜ」

「それが、そうも言ってられなくなってきた。一年前《めえ》のことだが……」

三津五郎はまた目を閉じた。

「おれの跡目を継いで元締になった長兵衛《ちょうべえ》が卒中《そっちゅう》で死んじまって、岩六《がんろく》という男が跡目を継いだんでえ。長兵衛の遺言ってことだったから、おれは口を出さなかった。この岩六が、今までの古臭《ふるくせ》えやり方じゃ博徒は食い上げだってんで、守り通してきた明神一家の掟を破り出した。うっ……」

お満は、表情《かお》を歪めた三津五郎の枕元ににじり寄る。

「もうそのくらいにしてください。話はまた後で聞きますから」

三津五郎は「大丈夫《でえじょうぶ》だ」と小声で言った。

「阿漕《あこぎ》な金貸しの取り立てを引き受けるようになって、町人たちを泣かす。金を返すことができなくなったところに乗り込んで、女房《にょうぼう》や娘をかっさらい、岡場《おかば》所《しよ》に売り飛ばして、その上前《うわまえ》を撥《は》ねてるって話だ。泣かされた者が何人もいるそうだ。明神一家が守り抜いてきた任侠の道はどこにいっちまったんでえ。情けねえ……」

三津五郎は心もち顔を背《そむ》けた。

「明神一家の者たちはそれに従ってるんですかい」

「世の中の流れってやつだろうよ。若え奴《わけやつ》らは厳しい修業に耐えることはなくなる。おれと同じで元々は肩で風切ってた連中だ。堅気さんを脅かして、実入《みい》りもよくなりゃ、そっちに転んじまうさ。そうなりゃ歯止めは利かなくならあ。強請《ゆす》りたかりだって平気でやるようになる」

万造は溜息《ためいき》をつく。

「与太者と博徒が同じになっちまったってわけですかい」

「その通りだ。だが、中には骨のある男もいる。牛之助《うしのすけ》って野郎がいてな。おれのところに来て、悔《くや》し涙を流しやがった。おれたちは与太者じゃねえってな。だが、大方は岩六の言いなりだ。逆らえば何をされるかわからねえ。それに……」

三津五郎は左の肩をおさえた。

「はっきりと聞いたわけじゃねえが、奴らは賭場でイカサマもやってるらしい。どんなイカサマだか知らねえが、イカサマをやる博徒なんざ、外道《げどう》にも劣らあ」

「三津五郎さんは、その岩六って元締のところには行かなかったんですかい」

「行ったさ。老いぼれに用はねえと門前払いでえ。その帰り道、町内《ちようねえ》の料理屋の主《あるじ》にばったり会った。明神一家に用心棒《ようじんぼう》代を払わされているそうでえ。用心棒代ってえのは、向こうがこれでお願《ねげ》えしますと持ってくるのが筋《すじ》ってもんだ。体《てい》よく金を脅し取った上に、呑《の》み食いした金は払わねえそうだ。三津五郎さんのときはそんなことはなかった、ってよ。おれは我慢ができなくなった。堅気のみなさんを守るどころか、苦しめるなんざ許されることじゃねえ」

万造は息を呑んだ。三津五郎の表情《かお》が博徒に戻ったからだ。

「おれは、岩六を殺《や》ることにした。岩六だけじゃねえ。二、三人いる取り巻きの奴らも道連れにしてやるとな。そうでもしねえと、あの世で先代や先々代に合わせる顔がねえ。いや、それよりも、堅気のみなさんに申し訳が立たねえ」

三津五郎は唇《くちびる》を噛《か》んだ。

「だが……、しくじっちまった。歳《とし》には勝てねえなあ。十年前《めえ》なら、あんなドジを踏むなんざ考《かんげ》えられねえ。五日前のこった。岩六を襲ったんだが、すんでのところで右腕の保二郎《やすじろう》に邪魔された。保二郎の野郎には深手《ふかで》を負わせたけどよ。後の祭りってやつよ。おれは手拭いで顔を隠《かく》していたが、勘づかれたんだろう。考えてみりゃ、明神一家の元締を殺《や》ろうなんざ、この三津五郎くれえのもんだからな」

黙って話を聞いていた鉄斎が――。

「それで、明神一家の連中に襲われたということですか」

「まあ、そういうこってえ。だから、この話を奉行所なんぞに持ち込まれたら困るんでえ。仕掛けたのはこっちの方だからよ。おれがお縄になっちまうじゃねえか。思い違《ちげ》えしねえでくんなよ。お縄になろうが、殺されようがそんなこたあどうでもいい。だが、岩六を殺るまではお縄になったり、死ぬことは許されねえんだよ。うっ、うう……」

お満は少し口調を強くして――。

「そこまでにしてください。聖庵先生を呼んできます。傷口を診《み》てもらいましょう。島田さん、万造さんも部屋から出てもらえますか」

お満は鉄斎と万造を促《うなが》すように立ち上がると、部屋から出て歩き出した。渡り廊下の真ん中まで来ると、お満は立ち止まって振り返る。

「万造さん。お願いだからやめてよ」

万造はきょとんとする。

「な、何でえ」

「万造さんの考えてることくらいわかるんだから。三津五郎さんを何とかしてやろうだなんて」

「あれは、屁《へ》が出そうになったのを我慢してたんでえ」

「ごまかしたって駄目よ。さっき、拳を握り締めてたもん」

「いきなり何を言い出すんでえ」

万造の尻から「プー」という音がする。

「ほら、屁が出ただろう。く、臭《くせ》え」

「嘘。ちゃんとわかってるんだから。く、臭い……。今までとは相手が違うのよ。人を殺すなんて何とも思っていない連中なのよ。これだから、長崎なんかには行けないっていうのよ」

「な、何でえ、長崎ってえのは」

「な、何でもないわよ。し、島田さん。やめさせてくださいよ。いつものお節介《せっかい》で済む話じゃないんですからね」

鉄斎は鼻の頭を掻く。

「私にそんなことを言われてもなあ」

万造は笑う。

「そりゃ、女先生の取り越し苦労ってもんでえ。明神一家を相手にどうのこうのしようなんて、できるわけがねえだろう。ねえ、旦那」

お満は、そんな万造を睨《にら》みつけた。

三

おけら長屋を訪ねてきたのは武家《ぶけ》の子供だ。髪をきちんと結《ゆ》い、袴《はかま》を身につけている。歳のころは六、七歳といったところか。井戸端《いどばた》で夕餉《ゆうげ》の支度《したく》を始めた、お里《さと》、お咲《さき》、お奈津《なつ》の三人は、辰次《たつじ》が置いていった売れ残りの魚の始末に追われている。

「まったくもう、なんだってこんなにたくさん雑魚《ざこ》ばっかり」

「面倒だけど、ありがたいじゃないか。みんなでやれば夕餉に間に合うだろ。酒と醬油《しょうゆ》で煮込んだら美味《おい》しくなるよ」

お奈津が鱗《うろこ》を落として、お里がハラワタを取り除《のぞ》く。

「あ、お里さん、ワタをとったら、こっちの桶《おけ》に入れとくれ。ひどい臭《にお》いだよ」

お咲が、井戸から汲《く》んできた水で洗って、魚を鍋に放り込む。

「あ、あのう、もし……」

木戸の側《そば》から、子供の声がした。

「なんだい、鉄斎の旦那のところに来たのかい」

少年と呼ぶには幼い声を聞いたお里は、一瞥《いちべつ》もしないで声をかける。

「誠剣塾《せいけんじゅく》に入門させてくださいってやつかねえ」

お咲も顔を上げずに、鍋に魚を入れながら呟《つぶや》く。

「あたしを見初《みそ》めて来たっていうには……、ちょいと若すぎるね」

お奈津は、ふざけて科《しな》を作る。

「若かろうが、爺だろうが、そんな男がいるわけないだろう」

「いいじゃないのさ。本人はそう思いたいんだから」

お奈津も黙ってはいない。

「嫌だねえ、女の嫉妬《しっと》っていうのは。あたしはたいして器量《きりょう》よしじゃないけど、お里さんとお咲さんよりは、器量よしだってことだけは間違いないから」

「何だって〜」

お里とお咲は同時に声を上げた。その三人に割り込むようにして、少年が呼び掛ける。

「お里さん、お咲さん、お奈津さん……」

三人は、その子を見つめる。

少年は、にっこり笑って――。

「万ちゃん……。万造さんはいらっしゃいますか」

お里は大声を上げる。

「か、勘吉《かんきち》じゃないか」

三人は勘吉に飛びつく。

「勘吉〜。じゃなかった。なんだっけ。そ、そうだ。澤田新太郎《さわだしんたろう》だよ」

「ちょいと見ない間に大きくなったねえ」

三人は新太郎に抱きつき、撫《な》でまくり、頰擦《ほおず》りをする。

「うわ、や、やめ……」

新太郎の髪は乱れ、袴は水に濡《ぬ》れてヨレヨレだ。


——二年ほど前の夕暮れどき。

万造は田中稲荷《たなかいなり》で小さな男の子を拾った。それが勘吉だ。万造は、おけら長屋に連れて帰って世話をした。翌日、勘吉の家を捜《さが》しあて、無事に親元に送り届けることができて安堵《あんど》するが、親の様子がおかしい。近所に聞きこむと、勘吉は養子で養親《やしないおや》に折檻《せっかん》を受けていることを知る。すでに勘吉に情が移っていた万造は、そんなことも知らずに置いてきてしまったことを悔《く》やみ、自分の無力さに酔《よ》い潰《つぶ》れておけら長屋に帰った。

ところが、勘吉が戻ってきた。真っ暗な夜道を一人で歩いてきたのだ。万造は勘吉を抱き締めた。万造は勘吉を自分の子として育てると決意する。勘吉はおけら長屋で万造と暮らすようになり、住人たちに可愛《かわい》がられ、笑顔を取り戻していく。

そんなある日、万造は島田鉄斎から思いもよらぬ話を聞かされる。竹刀《しない》を構えた勘吉の姿が、鉄斎の旧知の人物に似ているというのだ。

鉄斎は、信州《しんしゅう》諸川藩《もろかわはん》で代々剣術指南役《しなんやく》を務める家に生まれた。諸川藩はお取り潰しとなって今はないが、当時の同僚に澤田彦之進《ひこのしん》という人物がいた。七つ下の彦之進は剣術が達者で、鉄斎は弟のように可愛がっていた。その彦之進と勘吉の剣の構えがそっくりだという。

鉄斎と同じく浪人《ろうにん》となった彦之進は、神田松永町《まつながちょう》にある紙問屋《かみどんや》、相馬屋《そうまや》で用心棒兼相談役として暮らしていた。お律《りつ》という女と所帯《しょたい》を持ち、男の子も授かった。だが、その子が突然いなくなった。その時期と勘吉が養子にされた時期、身体の特徴が一致し、勘吉は彦之進の子だと、万造は確信する。

万造は、すでに勘吉を自分の子にしたつもりだった。手放すなんて考えられない。しかし、勘吉が幸せになるならと覚悟を決めた。

鉄斎と万造は、養親に揺さぶりをかける。すると養親は、人さらいの一味に金を払って勘吉を養子にしたことを認めた。

勘吉は、おけら長屋で万造と一緒に暮らしたいと泣いたが、万造は心を鬼にして説得した。そして、勘吉は澤田新太郎として、彦之進夫婦のもとに帰ることになったのだ。

その勘吉が、いや、新太郎がおけら長屋にやってきた。

「それで、万造さんは……」

お里は、まだ勘吉に抱きついている。

「万造さんなんかどうだっていいじゃないか。せっかく来たんだ。ご飯でも食べていきなよ。ちょうどみんなで魚を煮るところだし、あんたの好きな煮っ転がしもあるよ」

お里はそう言いながら、繰り返し頬擦りをした。

「ちょいとお里さん、新太郎に魚の臭いがうつっちまうよ。お奈っちゃん、悪いけど、手拭いを持ってきとくれ」

新太郎は、女三人に拭われながら、困ったような嬉しいような表情《かお》をする。

「万造さんに大事な話があって……」

「今ごろは三祐にいるんじゃないのかい。ほら、そこの二《ふた》ツ目之橋《めのはし》を渡ったところの居酒屋。勘吉も知ってるだろ」

「だから、新太郎だって言ってるじゃないか」

呆《あき》れ顔のお咲に、お里は——。

「いいんだよ。おけら長屋に来たときは、勘吉で。ねえ、勘吉」

新太郎は近づいてくるお里の顔を手で押し戻すと、その場から逃げだした。


酒場三祐で呑んでいるのは、万造、松吉、鉄斎の三人だ。松吉は万造と鉄斎に酒を注《つ》ぐ。

「それで、三津五郎さんの具合《ぐええ》はどうなんでえ」

万造は注がれた酒を呑みほす。

「傷口はふさがったようだが、当分は起き上がれねえってこった。なんせ、あの歳だからよ。無理はさせられねえ。しかし、お律さんも危ねえところだったな」

松吉は頷く。

「ああ。話を聞いただけでも震えがくるぜ。だがよ、女の顔に傷をつけるなんざ、許せねえ。明神一家の奴ら、どうしてくれようか……」

松吉は荒々しく酒を呑みほして――。

「ところで、旦那。明神一家といやあ、連中は、本当に三津五郎さんが死んだと思ってるんですかね」

鉄斎は舐めるように酒を呑んだ。

「さあ。それはどうかわからん。お律さんがとっさに、三津五郎さんの亡骸は奉行所に引き渡したと言ったが、的《まと》を射ていたかもしれんな。三津五郎さんには身寄りがないそうだ。だから弔《とむら》いなどは出さなくてもおかしくはない。ところで、万造さん……」

鉄斎は万造に酒を注いだ。

「お満さんが言っていたことだがな」

「女先生が何か言ってましたっけ」

「ごまかすな。お満さんは、万造さんが、いや、おけら長屋が明神一家に何かを仕掛けるのではないかと心配している。どうするつもりだ」

万造は酒を呑まずに猪口《ちょこ》を置いた。

「三津五郎さんの話には痺れたぜ。あの人は本物の博徒でえ。惚《ほ》れ惚《ぼ》れすらあ。気持ちだって痛《いて》えほどわからあ。何とかしてやりてえし、助けてもやりてえ。だが、相手は明神一家でえ。遊び半分でできることじゃねえや。でもねえ……」

万造は猪口を持った。

「あんな場面に出くわしちまって、三津五郎さんから話を聞かされて、そのまま聞き流すってえのは、何とも寝覚めが悪《わり》いや。江戸っ子としての面目《めんぼく》も立たねえ」

万造は、また酒を呑まずに猪口を置いた。

「万ちゃんの気持ちはわかるぜ。明神一家の奴ら、博徒の風上にも置けねえ外道だ。お律義姉《ねえ》ちゃんだって、殺されてたかもしれねえ。だがなあ、命あっての物種っていうからなあ。八五郎《はちごろう》さんみてえな馬鹿ならやりかねねえ話だけどよ」

「だれが馬鹿だって……」

松吉が振り返ると、そこに立っているのは八五郎だ。

「あらましは、お里から聞いたぜ」

八五郎は割り込むようにして座ると、万造の猪口を奪って、酒を呑みほした。

「なんで、お里さんが知ってるんでえ」

万造と松吉は、近くに立っていたお栄《えい》の顔を見る。

「な、何よ。あ、あたしは、お満さんから聞いた話を、お染《そめ》さんに話しただけだからね。お里さんに話すほど馬鹿じゃありませんから」

八五郎は大笑いする。

「違《ちげ》えねえや。わははは……。って、そりゃ、どういうことでえ」

万造が割って入る。

「まあまあ。そのあたりの塩梅《あんべえ》がわかってくるなんざ、お栄ちゃんも、おけら長屋のおかみさんになったってことでえ」

松吉と所帯を持ったお栄は、今まで通り三祐で働き、店が終わると、松吉が待つ――待っていないことがほとんどだが――おけら長屋に帰る。店が忙しかった日は、そのまま三祐に寝泊まりすることもあった。

八五郎は万造に詰め寄る。

「で、どうするんでえ。三津五郎さんの男気に知らん顔はできねえ、だが……」

松吉はお栄が投げた猪口を受け取り、八五郎の前に置いた。

「何でえ。歯切れが悪《わり》いじゃねえか」

その猪口に万造が酒を注いだ。八五郎はその酒をあおる。

「当たり前《めえ》だろう。相手は明神一家だぜ。所帯《しょてえ》を持ったばかりの松吉が死んじまったら、お栄ちゃんに合わせる顔がねえ」

お栄は手拭いを目にあてる。

「八五郎さん……。あたしのことを、そこまで考えてくれていたのね」

「お栄ちゃんよ。いくらガサツなおれだって、それくれえのことは考《かんげ》えるさ」

お栄は手拭いを目にあてたまま――。

「それなら、八五郎さん一人でやって……。八五郎さんなら、死んだところで泣く人もいないだろうから」

「違《ちげ》えねえや。わははは。って、そりゃ、どういうことでえ」

万造が割って入る。

「まあまあ。それくれえの洒落《しゃれ》が言えるなんざ、お栄ちゃんも、おけら長屋のおかみさんになったってことでえ……」

人の気配を感じた万造は、土間に目をやる。

「か、勘吉じゃねえか」

「万ちゃん……」

万造は土間に飛び降りると、新太郎に抱きつく。

「勘吉〜。しばらく見ねえ間にでかくなりやがって。元気だったのかよ。おうおう。何でえ、こりゃ。もっともらしい恰好《かっこう》をしやがって。昔は汚《きたね》えガキだったのによ〜」

お栄は、新太郎の姿を見て――。

「どうしたのよ。着物は水に濡れてるし、袴はヨレヨレじゃないの」

新太郎は困ったように笑う。

「おけら長屋に行ったら、井戸端にいた、お里さんたちに抱きつかれて……」

万造はもう一度、新太郎を抱き締める。

「お、お里さんに……。そりゃ災難だったなあ。怖かったなあ。臭かったなあ。勘弁してくれや。あそこは夫婦揃《そろ》って馬鹿だからよ」

八五郎は大笑いする。

「違《ちげ》えねえや。わははは。って、そりゃ、どういうことでえ」

八五郎に突っ込む者はだれもいない。

「勘吉。とりあえず、座敷《ざしき》に上がれや。ほら、松ちゃんも、鉄斎の旦那もいるからよ」

八五郎はみんなに向かって「おれもここにいる」と、自分の鼻の頭を指差したが、知らん顔され、うなだれる。

お栄は座布団《ざぶとん》を用意する。

「勘吉、勘吉って、勘吉はもう勘吉じゃないのよ。確か……、田澤金太郎《たざわきんたろう》だっけ」

松吉が――。

「新田澤太郎《しんたさわたろう》じゃなかったか」

万造が――。

「新澤之太郎《しんざわのたろう》だろ。ねえ、旦那」

鉄斎が答える前に、八五郎が――。

「澤田新太郎じゃねえのか……」

万造、松吉、お栄の三人は溜息をつく。

「洒落でやってるのが、わからねえのかなあ……」

「これだから、野暮だって言われるんでえ」

「仕方ないわよ。そういう人なんだから……」

八五郎はさらに激しくうなだれた。新太郎はみんなに向かって——。

「みなさん、お元気そうで」

万造は新太郎のこめかみを指先で小突《こづ》いた。

「何を気取っていやがる。おけら長屋に来たときは、勘吉のままでいいんだぜ」

みんなが笑ったが、新太郎の表情《かお》は硬い。

「どうしたんでえ」

「今日は、おけら長屋に助けてほしくて」

一同は顔を見合わせた。

四

新太郎は、お栄が用意した水を飲みほす。

「父上がお世話になっているお店《たな》が大変なことになってるみたいなんです」

鉄斎の顔色が変わる。

「神田松永町の紙問屋、相馬屋さんのことか」

新太郎は頷いた。万造は気が短い。

「何が大変《てえへん》なんでえ。どう大変なんでえ。早く言いやがれ」

新太郎は何から話せばよいかわからない様子だ。鉄斎は万造に酒を注ぐ。

「そう急かすな。新太郎はまだ子供だ。新太郎。お前さんが知っていることを、ひとつずつ話してくれればいいんだ」

新太郎は頷いた。

「父上と母上が話をしているのを聞いた……」

万造が何か言おうとしたのを鉄斎が手で制した。

「相馬屋は潰れるかもしれないって」

「相馬屋さんが……。父上と母上は、どうして相馬屋が潰れるのか話していたのかな」

「番頭《ばんとう》さんがお金を盗られたって」

「盗人《ぬすっと》でも入ったのか」

「違う。騙《だま》されたって。ば、博打って言ってた。父上は命に代えても相馬屋を守るって言ってた。何だか知らないけど、よくないことが起こりそうな気がする……。だ、だから、おけら長屋に来たんだ。だって、万ちゃんや、松吉さんや、島田先生なら、何とかしてくれると思ったから」

八五郎は小さな声で──。

「それだけか。他にもだれかいるんじゃねえのか」

新太郎は八五郎の顔を見つめた。

「そうだ。お染さんもだ」

八五郎はうなだれる。新太郎は万造の袖をつかんだ。

「そうだよね、万ちゃん。おいらが神隠《かみかく》しに遭《あ》ったときだってそうだったじゃないか。おけら長屋のみんなが、おいらを本当の父上と母上に会わせてくれたんじゃないか。だから、おけら長屋のみんななら、何とかしてくれると思ったんだ……」

万造は新太郎の肩を叩いた。

「おとっつぁんたちに、ここに来るって言って来たんか」

新太郎は、気まずそうに俯《うつむ》く。

「言わないで来た」

「しょうがねえなあ。今日はおけら長屋に泊まっていけ。後で相馬屋には使いを送るからよ」

万造は微笑んだ。

「腹が減っただろう。まず、飯を食え、飯を。腹が減っては戦《いくさ》ができねえっていうからな」

「お里さんが、魚の煮たやつと里芋の煮っ転がしを作ってくれるって言ってたよ」

「そうか。よかったじゃねえか。いいか、勘吉。食う前《めえ》には、よく匂《にお》いを嗅《か》ぐんだぞ。腐ってても平気で出しやがるからよ。お栄ちゃん。申し訳ねえが、勘吉をおけら長屋まで連れていっちゃくれねえか」

お栄と勘吉が出ていった後、万造、松吉、八五郎、鉄斎の四人はしばらく黙っていたが、口火《くちび》を切ったのは松吉だ。

「勘吉、いや、新太郎の父親は、旦那の知り合いなんですよね。相馬屋で何をやってるんですかい」

「澤田彦之進は、私と同じ諸川藩の藩士だった。私が剣術指南役、彦之進は勘《かん》定《じよう》方《かた》を務めていた。道場にもよく通ってきて、剣術の稽古《けいこ》も怠らなかった。私よりも七つ年下だが、清廉潔白《せいれんけつぱく》な男で、弟のように思っていたよ」

鉄斎は目を閉じた。彦之進の顔を思い浮かべているのかもしれない。

「諸川藩がお取り潰しになった後、詳しい経緯《いきさつ》は知らんが相馬屋の世話になることになったようだ」

松吉は鉄斎に酒を注ぐ。

「ですが、澤田さんは武家ですよね」

「表向きは用心棒ということらしいが、相馬屋は江戸にある藩邸や、旗本《はたもと》にも紙を卸《おろ》している。武家の勘定方だった彦之進が、いろいろと助言をしているのだ。武家の仕来《しき》たりや懐事情にも詳しいからな。相馬屋の主は、彦之進のことを心から信頼しているようだ。今は親子三人で相馬屋の離れで暮らしている」

松吉は新太郎の言葉を思い出しているようだ。

「その相馬屋の番頭が博打で……。店の金に手をつけちまったんですかね」

「だが、新太郎は騙されたと言っていた……。どうした、万造さん」

万造は持ったままでいた猪口を置いた。

「相馬屋があるのは、神田松永町ってことでしたね。神田といやあ、明神一家の縄張《しま》だ。三津五郎さんが言ってたじゃねえですか。賭場でイカサマをやってるって。相馬屋の番頭は、それに引っ掛かったんじゃ……」

鉄斎は小さな声で唸った。

「考えられるな」

「神田界隈で、よそ者が賭場を開くことは明神一家が許さねえだろう。相馬屋の番頭が賭場に出入りするとなりゃ、明神一家の賭場ってことにならあ。番頭は、明神一家にハメられたんじゃねえのか」

松吉はニヤリと笑う。

「江戸っ子としての面目が立たねえだの、知らん顔はできねえだのとほざいちゃいたが、話の矛先《ほこさき》が、きっちりと明神一家に向いてきたじゃねえか」

万造は持ったままだった猪口の酒を呑みほした。

「三津五郎さんが明神一家の連中に殺《や》られそうになってるところに出くわして、三津五郎さんの話を聞いちまった……」

松吉も酒を呑みほす。

「その夜、お律義姉ちゃんが顔に傷をつけられた……」

万造は頷く。

「そんでもって、勘吉が助けを求めてきた。一度はおれの子にしようとした勘吉がだ」

八五郎も酒を呑みほした。

「おけら長屋のみんなならなんとかしてくれると思ったって、泣かせるじゃねえか」

「八五郎さんの名は入《へえ》ってなかったけどな」

「うるせえ」

松吉は大声で笑った。

「わははは。いつまでいじけてるんでえ。それに、相馬屋で難儀《なんぎ》をしている勘吉のお父上は、鉄斎の旦那が弟のように思っていた澤田彦之進というお人だ」

「松ちゃん。知ってるか。勘吉のお母上の名はよ、元は町人でお律ってんだぜ。これも何かの縁だなあ」

しばらくの間をおいて、万造と松吉と八五郎は同時に呟く。

「やるしかねえな……」

鉄斎は三人に酒を注ぐ。

「待ってくれ。とりあえず明日、新太郎を送りがてら、彦之進に会って話を聞いてこよう。相馬屋の番頭が明神一家にハメられたと決まったわけではないからな」

万造は珍しく、鉄斎に鋭い眼差《まなざ》しを送った。

「もし、そうだったとしたら……。おれたちはやりますぜ。たとえ旦那に止められても、おれたちはやりますぜ」

松吉と八五郎も鉄斎を見つめた。

「おいおい。私を仲間外れにせんでくれ。私だっておけら長屋の住人だからな。だが、先走りや、無茶な行いはいかん。しくじれば命を落とすことになるかもしれん。それだけは肝《きも》に銘《めい》じてほしい」

四人は猪口を合わせた。八五郎は腕を捲る。

「身震《みぶる》いがしてくるぜ。泣く子も黙る明神一家と、おけら長屋の戦いたあ、痺れるじゃねえか」

万造と松吉は拍手をする。

「いよっ。先走りの名人」

「待ってました。無茶の達人。余計なことはしねえでくれよ」

「おめえたちこそ、怖気《おじけ》づくんじゃねえぞ」

鉄斎は美味《うま》そうに猪口の酒を呑んだ。


翌日、鉄斎は、新太郎を連れて、相馬屋に彦之進を訪ねた。店は静まり返っている。母のお律は鉄斎にお礼を述べると、新太郎の手を引いて離れに消えた。

「島田先生。新太郎が突然尋ねたそうで、申し訳ありませんでした」

澤田彦之進は深々と頭を下げた。

「先生はよしてくれ。水臭いぞ」

鉄斎は照れ臭そうに茶を啜《すす》った。

「新太郎は、おけら長屋のみなさんが大好きなようで、口を開けば、おけら長屋のことばかり話します」

「それは、おけら長屋の人たちも同じことだ。みんな、新太郎のことが大好きだからな。ところで……」

鉄斎は、新太郎から聞いた話を伝えた。

「そうですか。それで新太郎は、おけら長屋に……。ご迷惑をおかけしました」

鉄斎は、彦之進の表情《かお》が強張《こわば》っていることに気づいていた。

「何かあったのかな」

彦之進は目を伏《ふ》せた。

「番頭の米蔵《よねぞう》が昨夜、蔵で首を吊《つ》って死にました」

「番頭さんが……」

「新太郎がいなくてよかったです。子供には酷でしょうから。今、主の舛治郎《ますじろう》が番屋で事情を訊かれています」

鉄斎はゆっくりと茶を啜った。

「彦之進。何があったのか詳しく話してくれないか。おけら長屋の連中にとって、新太郎は家族も同然だ。私にとっての彦之進も同じことだ。放っておけるはずがないだろう」

彦之進の表情は歪む。

「ありがとうございます。ですが、話したところでどうにもなりません。どうにもならんのです」

「それなら話してくれてもよいだろう。こちらも気が楽だ」

彦之進はしばらく考え込んでいたが――。

「米蔵は真面目《まじめ》な男だったんです。遊びを知らないというのは、遊びの怖さを知らないということでもあります。ある日、酒を呑んでよい気分になったところで賭場に誘われたそうです。見ているだけでも面白いなどと言われて……」

「それは……」

彦之進は間髪《かんはつ》を容《い》れずに答える。

「顔見知りの男だったそうです。米蔵は狙われていたのでしょう。見ているだけのつもりが、一度だけとそそのかされて駒を張り、それが当たる。その次も当たる。米蔵は軽い気持ちで足を踏み入れた賭場で三両の金を手にした。地獄《じごく》への一歩を踏み出してしまったのです」

さも、ありがちな話だ。

「博打などというものは、生きるか死ぬかの心持ちが堪《たま》らないのでしょう。賭《か》ける金も大きくなる。勝ったり負けたりを繰り返しているうちに、まともな判断ができなくなる。負けると賭場で金を借り、儲《もう》けるとその金を返す。そのうち、負けても、博打で金は返せると思い込んでしまったようです」

彦之進は小さな溜息をついた。

「米蔵の様子がおかしいことに気づいた舛治郎は、米蔵を問い詰めました。米蔵が借りた金は百両を超えていたんです。舛治郎は、その借金を相馬屋で肩代わりすると言ってくれたのです」

「なかなか言えることではないな」

「奉公人思いの主ですから。ですが、米蔵は嘘をついていました。借金は百両どころではなかったのです。証文に書いてある利息《りそく》は法外なもので、借金がいくらになっているのか、今はわかりません。何日か前に、米蔵はお店の土地の権利証文を持ち出したようです。米蔵が書き残したものによると、借金の証文には担保として相馬屋の土地の権利証文を差し出すように書いてあったそうです。渡してしまってから、事の大きさに押し潰されそうになったのでしょう。私がもっと早く米蔵の様子に気づくことができれば……。残念です」

鉄斎は黙って話を聞いている。

「そのうち、相手から何らかの話があると思います。おそらく、買い戻しのために莫大な金を求められることになるのでしょう。その額がわからないので、こちらとしても動きようがありません」

彦之進の眼光が鋭くなった。

「私は命に代えても相馬屋を守ります。浪々《ろうろう》の身となった私を拾ってくれた、舛治郎さんからの恩に報いなければなりません。ですが、どうすればよいのか……。不甲斐《ふがい》ない己が情けないです」

鉄斎には彦之進の気持ちが痛いほどわかる。鉄斎にしても、生きる楽しみや、人とつながって生きる尊《とうと》さを教えてくれたおけら長屋の人たちのためなら、命を投げ出すことができるからだ。

「よく話してくれたな。それで、その相手というのは……」

「明神一家の賭場だったそうです」

鉄斎の背筋《せすじ》が伸びた。

「わかった。舛治郎さんにも伝えてほしい。明神一家から話があったときは、期限をできるだけ引き延ばしてほしいと。金を工面できるか、はっきりするまで時間《とき》がかかるなどと言えばよいだろう。権利証文は向こうの手の中にあるのだ。そう急かしたりはしないはずだからな」

「島田先生。何をしようというのですか」

「わからん。ただひとつわかっているのは、放ってはおけないということだ」

「やめてください。相手は博徒ではなく、凶徒《きようと》です。人を殺すなど何とも思わない破落戸《ごろつき》どもです」

鉄斎は微笑んだ。

「そうかもしれんが、私が暮らすおけら長屋の連中も馬鹿にはできんぞ。一人では何もできんが、力を合わせれば思いもよらぬ何かが生まれるものだ」

彦之進は心の中で「島田先生の言っていることは本当かもしれない」と思った。あれだけ捜しても見つからなかった新太郎を、親の元に戻してくれたおけら長屋の人たちだ。

「よいか、彦之進。軽はずみなことをしてはならんぞ。とにかく引き延ばすんだ。その間に手立てを考える」

彦之進は頷いた。

鉄斎はその足で林町《はやしちょう》にある誠剣塾に向かった。今日は南町奉行所《みなみまちぶぎょうしょ》の同心《どうしん》、伊勢平五郎《いせへいごろう》が剣術の稽古にやってくる日だ。

五

松吉がおけら長屋に戻ると、稲荷の前に置かれた縁台《えんだい》で遊んでいるのは、金太《きんた》と亀吉《かめきち》だ。亀吉の母親のお梅《うめ》は、そんな二人を眺めて微笑んでいる。

「おや、金太。亀吉に遊んでもらってるのか」

「松吉さん。また、そんなことを言って。遊んでもらってるのは亀吉ですよ」

「おれには、そうは見えねえがな」

縁台の上には、座布団が敷かれ、その上には湯飲み茶碗《ちゃわん》が四つ置いてある。

「それじゃ、次は金太さんの番ですよ」

亀吉は後《うし》ろを向いて両手を目にあてる。金太は伏せた湯飲み茶碗のひとつに小石を入れた。

「もうい〜よ。亀ちゃん、ど〜れだ」

お梅は節《ふし》をつけて決まり台詞《ぜりふ》を言う。亀吉は一番右の湯飲み茶碗を指差した。お梅がその湯飲み茶碗を開けると、中はカラだ。

「あ〜あ」

亀吉は大きな声を出す。金太が一番左の湯飲み茶碗を開くと、小石はそこにあった。

「次は亀吉の番だよ。金太さんは後ろを向いてくださいね」

亀吉は右から二番目の湯飲み茶碗に小石を入れた。

「もうい〜よ。金太さん、ど〜れだ」

金太は右から二番目の湯飲み茶碗を指差した。お梅がその湯飲み茶碗を開けると小石が入っている。亀吉とお梅は顔を見合わせて驚く。

「当たった〜」

金太は次々に小石の入っている湯飲み茶碗を当てた。松吉の頭の中に光が射《さ》した。

「よーし、金太。ちょっと待ってろ」

松吉は家から湯飲み茶碗を抱えて戻ってくる。縁台に並んだ湯飲み茶碗は六つになった。

「金太。後ろを向け」

松吉はその中のひとつに小石を入れると、素早く位置を入れ替える。もう自分でもどの湯飲み茶碗に小石が入っているかわからない。

「もうい〜よ。馬鹿金さん、どーれだ」

振り返った金太は、間髪を容れずにひとつの湯飲み茶碗を指差した。松吉が恐る恐るその湯飲み茶碗を開くと、そこには小石があった。亀吉は手を叩いて大喜びだ。

松吉は懐からサイコロをふたつ取り出した。そのサイコロを湯飲み茶碗に入れると、座布団の上に被《かぶ》せる。

「金太。丁《ちょう》か半《はん》か、この茶碗を見て好きな方を言ってみろ」

金太は湯飲み茶碗を見つめている。

「好きなのは女だ」

「亀吉の前で何を言いやがる。丁か半だ。さあ、言え。丁、半、どっちだ」

「女郎《じょろう》だ」

「吉原《なか》は、また連れてってやるから、女のことは忘れろ。丁か半だ」

「女郎の名は、お丁だったか、お半だったか、忘れた」

「いいから言え。丁、半、どっちだ」

「丁だ」

松吉が湯飲み茶碗を開くと、四六《しろく》の丁だった。

松吉は続ける。

「半だ」

湯飲み茶碗を開くと五二《ぐに》の半だ。

金太はサイコロの出目《でめ》を当て続けた。

「おめえは吉原じゃなくて、鉄火場《てっかば》に連れていくべきだった」

松吉は天を仰いだ。

その夕刻。万造と松吉が三祐で呑んでいると、鉄斎がやってきた。

「旦那。遅かったじゃねえですかい」

鉄斎は腰から刀を抜くと、腰を下ろした。

「相馬屋の番頭が首を括《くく》って死んだそうだ」

万造と松吉は驚きを隠せない。鉄斎は彦之進から聞いたことを話した。

「やっぱり、明神一家の賭場でしたか」

「ついに死人《しびと》まで出しちまいましたね」

鉄斎は注がれた酒を呑んだ。

「遅くなったのは、伊勢平五郎殿と会っていたからだ」

「伊勢の旦那と……」

万造は「なるほど」と呟いた。

鉄斎は誠剣塾での稽古が終わってから、伊勢平五郎を蕎麦屋《そばや》に誘った。

「島田殿。一席設《もう》けるとは嬉しい話ですが、世間話《せけんばなし》という顔つきではありませんな」

鉄斎は、運ばれてきた徳利《とくり》を受け取ると、平五郎に酒を注ごうとする。

「伊勢殿にお願いしたいことがあります」

改まった鉄斎の言い様に、平五郎は猪口を引いた。

「ちょっと待ってください。一体何事ですか。呑んでしまってからでは断れなくなるではありませんか」

「では、呑んでください」

鉄斎は再び徳利を持ち上げる。平五郎は渋々、その酒を受けた。

「事の起こりは、万造さんと私が、竪川沿いで四人の男に殺されそうになっていた老人を助けたことです。合口で刺されましたが、命は取り留めました。老人は神田界隈を縄張にする博徒、明神一家の元・元締の三津五郎でした」

「何ですと」

「三津五郎さんをご存知でしたか」

「もちろんです。明神一家の三津五郎と言えば、神田界隈の顔役でしたから。島田殿は、殺されそうになっていたと言いましたが、物盗りではないのですか。隠《いん》居《きょ》したとはいえ、三津五郎を殺そうとする者がいるとは考えられません。明神一家を敵に回すようなものです」

鉄斎は平五郎に酒を注ぐ。

「その通りです。ですから、そんなことができるのは……」

「明神一家だと言うのですか」

「その通りです」

鉄斎は順を追って、すべてのことを話した。平五郎には腑《ふ》に落ちる話だったようだ。

「そうですか……。明神一家の悪い噂《うわさ》はよく耳にするようになりました。昔は奉行所とも持ちつ持たれつの間柄だったのですがねえ。元締が代替わりするにつれて、男気のある博徒が与太者の集まりになってしまったのですな」

「奉行所は動かないのですか」

「明神一家の的にされているのは、商家が多いようです。何らかの弱みを握られているので公《おおやけ》にできないのでしょう。信用に関わりますからね。料理屋などは仕返しを恐れて泣き寝入りしている。もちろん、奉行所も手をこまぬいているわけではありません。ですが、訴え出る者がいなければ、こちらも動きようがありません……」

伊勢平五郎は何かを感じ取ったようだ。

「ま、まさか、おけら長屋で明神一家を何とかしようなどと……」

鉄斎は黙って酒を呑んだ。

「そんな無茶な。相手は博徒ですぞ。島田殿、黙ってないで何とか言ってください」

鉄斎は静かに猪口を置いた。

「ですから、伊勢殿に力を貸していただけないかと」

平五郎は酒を噴き出しそうになる。

「お、お願いしたいことというのは、それですか」

「伊勢殿。お気の毒なことに、もう酒は呑んでしまわれましたな」

平五郎は自ら徳利を持つと、手酌《てじゃく》で呑みほした。

「わははは。島田殿もやることが、万造や松吉並みになってきましたな」

「私もおけら長屋の住人ですから」

平五郎は笑った。

「わかりました。島田殿がおけら長屋の住人なら、私は南町奉行所の同心です。腹を括りましょう。江戸で暮らす者たちを守らなければなりません。明神一家を叩き潰しましょう。手っ取り早いのは……」

平五郎は腕を組んだ。

「三津五郎を慕っている牛之助から、三津五郎を襲った者たちを聞き出し、引っ捕らえましょう。その者どもを締め上げて、だれの差し金だったのか吐かせます。おそらくそれは岩六なのでしょう。岩六をお縄にすれば、明神一家はどうにでもなります」

鉄斎は静かに酒を呑んでいる。

「島田殿。どうされたのです」

「それでは、おけら長屋の連中が納得しません」

「なぜです」

「面白くないからです」

平五郎は呆れ顔になる。

「そんな酔狂《すいきょう》な……」

「それに、相馬屋の番頭が渡した証文も取り返さなければなりません」

「どうするつもりなのですか」

「わかりません。おけら長屋のやり方にト書きはありませんから。相手の出方によって手立てがどう転ぶかは、見当もつきません」

平五郎は鉄斎に酒を注いだ。

「無造作に言いますなあ。それで、とりあえずの手立ては考えたのですか」

鉄斎は酒を呑む。

「万造さんや松吉さんが考えているところです。ですが、伊勢殿が力を貸してくれるのなら、その手立ても変わってくるでしょう」

鉄斎は徳利を持ち上げた。

「お頼みしたいことはまだあるのです」

平五郎は猪口でその酒を受ける。

「毒を食らわば皿までと申しますからな」

「三津五郎さんのことですが……」

　平五郎は頷いた。

「三津五郎が明神一家の保二郎を刺したことは、聞かなかったことにしましょう。それから……」

　平五郎は猪口の酒に口をつけた。

　鉄斎は頭を下げた。

「三津五郎は死んだと、それとなく明神一家に伝わるようにもしましょう」

「島田殿。なんだかゾクゾクしますな。おけら長屋の連中は、どんな手立てを考えてくるのでしょうな」

　平五郎は空《から》になった徳利を振った。

「こうなったからには堂々と、酒も蕎麦も馳走《ちそう》になりますぞ」

　伊勢平五郎は大きな声で、酒と蕎麦を頼んだ。

　万造は鉄斎に酒を注ぐ。

「伊勢の旦那が味方についてくれりゃ百人力だぜ。さて、その手立てだが、松ちゃん。何か思いついたのかよ」

松吉は決まりが悪そうだ。

「まあ、あるといやあ、あるし、ねえといやあ、ねえ」

「なんでえ、そりゃ」

松吉はメザシを齧《かじ》った。

「ただ、ひとつだけ決めていることがある。博打でとられた金は、博打で取り返《けえ》す。それが江戸っ子ってもんだ」

万造の目が輝く。

「お、面白そうじゃねえか」

「まあ、後は成り行きってやつでえ。こっちに失うものは何もねえんだ。気楽なもんじゃねえか。万ちゃん。明日、弥太郎のところに行ってきちゃくれねえか」

「弥太郎だと〜」

「ああ。弥太郎の名を借りてえのよ。ついでに一両ほどふんだくってきてくれや。まずは明神一家の賭場に潜《もぐ》り込んで様子を見ようじゃねえか。神田の久右衛門町にある草履屋の馬鹿旦那ってえのが、お誂《あつれ》え向きなんでえ。そのためには、牛之助だ」

「牛之助……」

「おうよ。万ちゃんが三津五郎さんから聞いた話によると、使えそうな男じゃねえか。牛之助がいなけりゃ、鉄火場に入《へえ》ることができねえからな。何としても仲間に引き入れなきゃならねえ」

鉄斎は頷く。

「それは名案だ。さすが松吉さんだな。ところで、私の出番はあるのかな」

「旦那と伊勢の旦那は、ちょいと待ってくだせえ。とりあえずは賭場でひと儲け……、い、いや、それはこっちの話で……」

鉄斎は松吉に酒を注ぐ。

「おいおい。遊びに行くんじゃあるまいな」

「まあ、任せておくんなせえ」

胸を張った松吉だが、金太のことを話す勇気はなかった。

神田川に架かる昌平橋《しょうへいばし》近くにある武家屋敷。この屋敷の離れが明神一家の賭場になっている。ここは町方《まちかた》に踏み込まれる心配がない。賭場の奥にある座敷で煙管《キセル》をふかしているのは保二郎だ。

「畜生。まだ傷が疼《うず》きやがる」

保二郎は左の太腿《ふともも》を摩《さす》った。

「三津五郎の野郎、ざまあみやがれ。岩六の親分に逆らったことを、あの世で悔やんでいるだろうよ。ところで、牛之助。カモを見つけてきたそうじゃねえか。おめえもようやく稼業に身が入《へえ》ってきたようだな。どんな野郎だ」

牛之助は保二郎に酒を注ぐ。

「へい。久右衛門町にある飯田屋って草履屋の馬鹿息子でさあ」

「飛んで火にいる夏の虫ってやつかい」

「ちょいと間の抜けた野郎なんで、若え《わけ》番頭と手代《てだい》がついてくるそうでさあ」

保二郎はニヤリと笑う。

「そいつぁ、都合がいい。番頭が一緒の方が後々、金を引っ張り出しやすくなるからな」

　賭場には人が集まり出している。

「どうぞ。こちらでございやす」

　牛之助は保二郎に耳打ちする。

「あれが飯田屋の若旦那の弥太郎です」

　弥太郎に扮《ふん》した金太は壺振《つぼふ》りの正面の席に案内された。番頭と手代になった万造と松吉は、その後ろの席に腰を下ろした。

「ここに座っていいのか」

　金太は盆に背を向けて座った。万造は小声で――。

「馬鹿野郎……、い、いや、その……。若旦那。向きが反対です」

「そうなのか……」

　金太は座ったまま反対を向くが、一周回って元のところに戻ってきた。

「それじゃ、同じじゃねえか……、い、いえ、同じじゃございませんか」

　金太は正面を向いた。

「半！」

松吉は金太の着物の袖を引く。

「まだ早《はえ》え……、でございますよ」

万造と松吉は、周りの者に向けてわざとらしく笑う。

「わははは。うちの若旦那は洒落がキツいもんですから」

「まったく、その通りでして……わははは」

松吉は弥太郎から借りてきた、いや、脅し取ってきた一両を駒に換えた。牛之助から聞いたところ、今日の盆でイカサマはやらないそうだ。弥太郎をはじめとして新規の客が多いらしく、客の気質や懐具合などを見るつもりなのだろう。

盆の席は埋まった。

「半！」

「だから、まだ早えって言ってるだろうが……、でございますよ。松ちゃん、大《でえ》丈《じよう》夫《ぶ》なんだろうな」

「まあ、見ててみなよ」

腹にサラシを巻いた壺振りが金太の正面に座った。

「どちらさんも、どちらさんも、よろしゅうございますか」

壺振りは壺の中にサイコロを投げ入れると、壺を振って両手を広げた。

「さあ。どちらさんも、どちらさんも」

松吉は金太の背中を突《つつ》く。

「ここで言うんでえ、でございますよ」

「半だ」

万造は金太の耳元で囁《ささや》く。

「よし、金太……、じゃねえ、若旦那。そこの駒を縦に置いてくだせえ……。立ててどうするんですか。縦に置くんだよ。縦に。だから、立てるなって言ってるだろうが。そ、そうだよ。それが縦に置くってんだ、でございますよ」

壺振りは場を見回す。

「丁方ないか。丁方ないか、丁半、揃いました」

壺振りは壺を開く。

「五二《ぐに》の半」

松吉は心の中で「よーし」と叫び、拳を握り締めた。

金太は出目を当て続け、目の前には駒が山のように積まれていく。万造は震えている。

「ま、松ちゃん。こ、こりゃ、どういうことでえ」

「おれの睨んだ通りでえ。金太は人間じゃねえ。ナマズは地震が来るのがわかるっていうじゃねえか」

「な、なるほど……。その喩《たと》えが正しいかはわからねえがな」

「それに、金太には欲がねえ。博打なんてもんは、欲が心を惑《まど》わすんでえ」

「明日は、おれも松ちゃんも店が休みときてらあ。今宵《こよい》は吉原《なか》でどんちゃん騒ぎができそうだぜ」

丁半博打は、丁と半に張った駒が同じ額にならなければ成立しない。胴元《どうもと》は駒を金に換えるときに、五分《ぶ》の寺銭《てらせん》をとる。なので、胴元はだれが勝とうが気にはしない。だが、だれかの馬鹿勝ちが続くと、その逆に賭ける者がいなくなり、場が成立しなくなってしまう。金太の〝勝ち〟は、すでに十両近くなっていた。

保二郎は賭場にいる手下の者に目配せをする。場の流れを変えろというのだ。

「ここで、壺振りを交代させていただきやす。お竜《りゅう》さん……」

襖《ふすま》が開いて出てきたのは女だ。色白でいかにも妖艶《ようえん》な年増《としま》だ。その女は金太の正面に座ると、右手を袖の中に折り込み、片肌を脱《ぬ》いだ。胸に巻いた晒《さらし》からは、乳房《ちぶさ》の膨《ふく》らみがはみ出している。

「壺振りを務めさせていただきます、お竜でございます」

金太の目の色が変わった。

「お、女だ……」

松吉は金太の耳元で囁く。

「落ち着け。いや、落ち着いてください、若旦那。女を見てはいけません」

壺振りの女は片膝《かたひざ》をついて、脚を微妙に動かす。金太の目は女の太腿に釘付《くぎづ》けだ。

「若旦那。そんなところに気をとられてはいけません」

「どちらさんも、どちらさんも、よろしゅうございますか」

お竜は壺の中にサイコロを投げ入れると、壺を振って両手を広げた。

「さあ。どちらさんも、どちらさんも……」

金太は固まったままだ。

「金太……、じゃねえ、若旦那。丁か半か。さあ。若旦那」

「どっちか言うんでえ」

金太は叫ぶ。

「乳《ちち》だ」

「乳はどうでもいいんでえ。丁か半かだ」

「腿《もも》だ」

「腿も忘れろ」

お竜は金太の目を見つめて、唇を舐める。

「さあ、丁方ございませんか。半方ございませんか」

万造は金太の背中を突く。

「金太。涎《よだれ》を拭《ふ》け、涎を。丁か半か、どっちか言うんだ」

「半だ」

お竜は壺を開く。

「三一《さんぴん》の丁」

金太は外し続ける。万造は松吉の着物の袖を引く。

「何が金太には欲がねえだ。金の欲はねえかもしれねえが、女に対《てえ》して欲だらけじゃねえか」

「乳だ！　腿だ！」

松吉は頭を抱える。

「万ちゃん。潮時《しおどき》のようだぜ。まだ、五両近くは残ってるはずでえ」

松吉は駒を金に換える。

「本日は、うちの若旦那が遊ばせていただきまして、ありがとうございました。勝ち逃げが野暮なのは重々承知しておりますが、これから町内の寄り合いがございまして、申し訳ございません」

保二郎は愛想笑いを浮かべる。

「久右衛門町の飯田屋さんとお聞きしやしたが……。だいぶ、若旦那さんの懐も潤《うるお》ったようで……」

「ええ。うちの若旦那は博打に目がないもので」

「そうですかい。それじゃ、また近《ちけ》えうちに遊びに来てくださいや」

「ええ。必ず」

万造、松吉、金太の三人は飯田屋に寄って、弥太郎に一両を叩き返して着替えると、その足で吉原《なか》へと繰り出した。

万造、松吉、金太の三人がおけら長屋に帰ったのは翌日の昼過ぎだった。万造は金太の耳を引っ張る。

「いいか、金太。昨日の夜は弥太郎のところで呑んでたんだぞ。わかってるな」

松吉は反対側の耳を引っ張る。

「それじゃ、やってみるぞ。例えば、おれがお里さんだとしよう。〝金太さん。昨日はどこに行ってたんだい〟。ほれ、答えてみろ」

金太は松吉の顔を眺める。

「おめえは、お里さんなのか」

「おれは、松吉だろ。もし、お里さんに尋ねられたらって言ってんだよ。だから答えてみろ。〝金太さん。昨日はどこに行ってたのさ〟」

金太は首を傾《かし》げる。

「昨日……。昨日は昨日の風が吹く……」

万造は笑う。

「どこでそんな言葉を覚えてきたんでえ。松ちゃん、心配《しんぺえ》ねえや。そもそも金太は昨日のことなんか覚えてねえんだからよ」

「違《ちげ》えねえや」

松吉の家から出てきたのは、お栄だ。頭には角《つの》が生えているように見える。

お栄は駆け寄ってくる。

「い、一体、どこに行ってたのよ」

松吉は薄ら笑いを浮かべる。

「どこって、夕べは弥太郎のところで呑んでたら遅くなっちまったからよ。泊めてもらったってわけでえ。なあ、金太」

お栄は金太の着物の裾《すそ》を乱暴に捲る。

「これは何よ」

金太は着物の下に、赤い着物を着ている。

「女物の長襦袢《ながじゅばん》じゃないの」

万造は呆れる。

「金太。おめえ、女郎の長襦袢を着てきちまったの……、あっ……」

万造は自分の口を押さえるが、もう遅い。

「そのかわり、おいらの褌《ふんどし》は置いてきたぞ」

お栄は我に返る。

「そ、そんなことはどうでもいいわよ。お満さんが来てるの。島田の旦那の家にいるわ。大変なことが起こったのよ。さあ、早く」

万造と松吉は、鉄斎の家へと走る。万造は引き戸を乱暴に開くと座敷に駆け上がった。

「お、女先生。どうしたんでえ」

お満の目は吊り上がっている。

「まったく、どこに行ってたのよ」

お栄が口を挟む。

「この人たちはね……」

万造が大声を出す。

「わ〜わ〜。わ〜わ〜」

「だから、この人たちは、よしわ……」

「わ〜わ〜。わ〜わ〜」

「うるさいわね！　三津五郎さんがいなくなっちゃったのよ」

「み、三津五郎さんが……」

「今朝《けさ》、お律さんが離れに行ったら、三津五郎さんがいないって大騒ぎになって。布団《ふとん》がきれいに畳《たた》んであったから、出ていったんだわ。どこに行っちゃったのかしら。傷だってまだ治っていないのに……」

松吉も座敷に上がり込んでくる。

「三津五郎さんの具合《ぐええ》はどうなんでえ」

「静かにしていれば心配ないけど、無理をして傷口が開くと厄介だわ。左手を動かすと、かなり痛いはずだから、無理はできないと思うけど」

万造は小声で囁く。

「やる気だぜ。三津五郎さんは……」

松吉は頷いた。

「何をやるっていうのよ。ま、まさか……」

万造は、お満の問いには答えない。

「松ちゃん。岩六はどこに一家を構えているんだっけな」

「確か、神田山下町《やましたちょう》のはずだ」

「すぐに行かねえと、三津五郎さんが危ねえ。そういやあ、鉄斎の旦那はどうしたんでえ」

お栄は膝を叩く。

「そ、そうだ。三津五郎さんがいなくなったって聞くと、さ、澤田……、澤田彦之進という人のところへ行くって言ってたわ。万松《まんまつ》の二人には、先に行くと伝えてくれって」

万造と松吉は顔を見合わせる。

「松ちゃんは伊勢の旦那のところに行ってくれ」

「合点《がってん》承知の助でえ」

松吉は飛び出していく。

「行くぜ。女先生」

「行くってどこに行くのよ」

「明神一家に殴り込みでえ」

「どうして私がそんなことをしなきゃいけないのよ」

「三津五郎さんの傷が開いちまったらどうするんでえ。行くぜ」

万造とお満が目指すのは、神田山下町だ。

六

明神一家の奥座敷――。

岩六の前で正座をしているのは保二郎だ。保二郎は布の包みを差し出す。

「昨夜の盆の上がりです」

岩六は煙管を煙草盆に打ちつけてから、その包みを受け取り、重さを確かめる。

「ちょいと軽いんじゃねえのかい……」

「申し訳ありません。昨夜は新しい客を入れたもんで……」

「様子見ってやつか。それでカモになりそうなのは、いたのかい」

「まあ、それなりに。これからいろいろと調べやす。店の懐具合《ぐええ》とか、年頃の娘がいるかとかね。いひひひ」

外から聞こえてくるのは怒号《どごう》だ。

「何の騒ぎでえ」

その怒号はだんだん近づいてくる。襖を破って若い衆が転がり込んできた。鼻から血が流れている。

「な、殴り込みです」

「殴り込みだと～。どこの奴らだ」

「お化《ば》けです。幽霊です」

明神一家の若い衆に、とり囲まれるようにして男が入ってきた。その手には合口が光っている。

「邪魔させてもらうぜ」

「み、三津五郎……。てめえ、死んだはずじゃ……」

三津五郎は不気味な笑い方をする。

「ああ。そのつもりだったが、閻魔《えんま》様に帰《けえ》されたってわけよ。まだやり残したことがあるんじゃねえかってな」

十人ほどの若い衆が岩六を守るように立ちはだかった。岩六は笑い飛ばす。

「わははは。老いぼれが血迷いやがったか。てめえ一人でおれを殺《や》れるとでも思ってるのけえ」

「思い違《ちげ》えしてもらっちゃ困るぜ。そんなことは端《はな》から承知でえ。おれがここに来たのはなあ、前途ある若《わけ》え衆《し》たちに、おれの死に様《ざま》を見せてやるためなんだよ」

「だったらお望み通りにしてやらあ。おう、何をしてるんでえ。早《はえ》えとこ殺っちまいな」

「動くんじゃねえ」

三津五郎のドスの利いた低い声に若い衆たちは止まった。

「おめえたちは、どうしてこの稼業に入《へえ》ったんでえ。女子供を泣かすためか。町人を騙して金をふんだくるためか。そうじゃねえだろう。男を売るためじゃなかったのかい。男を研《みが》くためじゃなかったのかい。人様《ひとさま》を泣かせた金で酒を呑んで美味《うめ》えか。女を抱いて嬉しいか。そんなのは男じゃねえ。犬畜生にも劣る外道だ」

若い衆たちは止まったままだ。

「毎朝、お天道様《てんとさま》を拝んで心が痛まねえかい。お天道様を拝むことすら忘れちまったのかよ。時代が変わってもなあ、変わっちゃならねえものがあるんだよ。弱きを助け、強きをくじく男気だ。お天道様に恥じねえ生き方をするっていう心なんだよ。おめえたちにはまだ先があらあ。だから引っ込んでな」

岩六は苛立《いらだ》ってきたようだ。

「殺《や》っちまえと言ってるだろう」

だが、若い衆たちは動かない。

「おれが、竪川で襲われたときに助けてくれたのが、おけら長屋って貧乏長屋で暮らす馬鹿どもだ。奴らは動き出した。おれや、おめえたちに泣かされている人たちを守るためにな。おそらく、ここに乗り込んでくるに違《ちげ》えねえ。おめえたちより、よっぽど男気があるじゃねえか。だから、その前《めえ》におれが乗り込んできたってわけよ。あいつらを死なせるわけにはいかねえからなあ。そこをどけ。おれが殺るのは岩六と保二郎だけだ」

　岩六は大声で笑う。

「御託《ごたく》を並べやがって。芝居《しべえ》の役者にでもなったつもりか。そろそろ、おれが幕を下ろしてやらあ。さっさと殺りやがれ」

　若い衆の中から一人の男が合口を抜いて出てきた。その男は三津五郎の横に並んで立った。

「お供《とも》させてもらいますぜ。このままじゃ、お天道様に恥ずかしいんでね」

　三津五郎は微笑む。

「牛之助。いいのかい。ここでおれと死ぬことになるぜ」

「ですから、お供をするって言ってるじゃねえですか。男のままで死んでいけるなんざ、博徒冥利《みょうり》に尽きるってもんでさあ」

　一人、そしてまた一人と、三津五郎に歩み寄って、岩六と対峙《たいじ》した。

「おめえたち……」

　三津五郎の目に涙が光る。

「おれにとっての元締は、三津五郎親分だけでさあ」

「汚《きたね》え。汚えったらありゃしねえ。イカサマ博打で人様を騙して、年端《としは》もいかねえ娘を売り飛ばす。人間のやることじゃねえ」

「爪印《つめいん》を押させる前《めえ》に証文をすり替えやがって。あんな利息が払えるわけがねえだろう。この外道が」

「三津五郎親分の言葉で目が覚めましたぜ。親分は手を出さねえでくだせえ。こいつらの片棒《かたぼう》を担いだお詫《わ》びに、おれたちがカタをつけますから」

「三津五郎親分を刺したのは、あっしなんでえ。申し訳ねえ。これが済んだら、どうにでもしてくだせえ」

三津五郎は涙を拭った。

「その言葉だけで充分だぜ。冥途《めいど》に旅立つ何よりの土産《みやげ》だ。おめえたちを人殺しにするわけにはいかねえ。岩六と保二郎は、刺し違《ちげ》えてでもおれが殺《や》る。すっこんでな」

岩六と保二郎は立ち上がる。

「てめえたち、裏切るのか。盃《さかずき》を何だと思っていやがる」

「三津五郎共々、返り討ちにしてくれらあ」

二人は合口を抜いた。一人の男が入ってくる。

「そこまでだ。南町奉行所同心、伊勢平五郎である」

伊勢平五郎は十手《じって》を構えた。

「うるせえ。こうなったら破れかぶれでえ」

岩六と保二郎は三津五郎に向かって合口を振りかざす。そこに飛び込んできた鉄斎が合口を叩き落とした。同時に澤田彦之進が、若い衆たちが持っていた合口を叩き落とす。

「話は聞かせてもらったぞ。岩六さんよ、ずいぶんと悪戯《いたずら》なことをやっていたようだな。話は奉行所でゆっくり聞かせてもらおう。引っ立てい」

奉行所の手の者が、岩六と保二郎を縛り上げて、連れ出した。入れ替わるようにして入ってきたのは、万造と松吉だ。

「三津五郎さん。無茶をしねえでくだせえよ」

「ですが、三津五郎さんの言葉は心に沁《し》みましたぜ。貧乏長屋の馬鹿どもってえのが余計だったけどよ」

三津五郎は平五郎に向かって——。

「旦那。こいつらは岩六に脅されていただけなんでえ。大目に見てやっちゃもらえねえでしょうか。もちろん、あっしはどうなってもかまいません」

　平五郎は十手を帯に差す。

「それはできない相談だ。だがな、奉行所ですべてを白状し、心を入れ替えると申し開けば酌量《しやくりよう》もあるだろう。石川島《いしかわじま》に送られたとしても、すぐに戻ってこられるはずだ。この者たちには、明神一家を立て直してもらわねばならんからな。それまで、明神一家は三津五郎に預けることにしよう。よいな」

　平五郎は三津五郎の肩を叩いた。

「イテテテテ」

　三津五郎が顔をしかめたので、万造が笑う。

「三津五郎さん、血が滲んでますぜ。表に女先生がいるから呼んでくらあ」

　牛之助が松吉に耳打ちする。

「借金の証文と土地の権利証文は、あそこの引き出しにありますぜ」

　松吉はニヤリと笑った。

酒場三祐で車座になっているのは、万造、松吉、八五郎、鉄斎の四人だ。

「しかし、八五郎さんってえのは、肝心《かんじん》なときにいつもいねえなあ」

「怖気づいて逃げたんじゃねえのか」

八五郎は猪口を叩きつける。

「ふざけるねえ。おれがいたら、明神一家の岩六なんざ、片手で捻《ひね》りつぶしてやったのによ」

万造は鉄斎に酒を注ぐ。

「ところで、相馬屋はどうなりやしたか」

鉄斎はその酒を呑んだ。

「それが、不思議なことが起こってな。彦之進から聞いたのだが、相馬屋に封書が届いて、その中に借金と土地の証文が入っていたそうだ」

「それじゃ、相馬屋は安泰《あんたい》ってことですよね。勘吉、いや、新太郎も喜んでるに違《ちげ》えねえ」

八五郎は酒を呑みほす。

「新太郎には、おけら長屋の人たちなら何とかしてくれるって言われたのによ、おいしいところは三津五郎さんに持っていかれたってわけか。ねえ、旦那」
「いや、おいしい思いをしたのは三津五郎さんだけではないかもしれんぞ。な
あ、万造さんに松吉さん」
万造と松吉は空惚《そらとぼ》けた表情《かお》をしながら、美味そうに酒を呑んだ。

本所おけら長屋(二十)　その弐

ひきだし

一

おけら長屋に万造《まんぞう》を訪ねてきたのは、下谷《したや》山崎町《やまざきちょう》にある柊《ひいらぎ》長屋に住む、おときだ。

「お、おとき婆《ばあ》さんじゃねえか。まだ生きていやがったか」

万造の憎まれ口は愛情の証《あかし》だ。

「万ちゃん。元気そうじゃないか。両国橋《りょうごくばし》を渡るなんざ十数年ぶりだからさ、すっかり迷っちまったよ」

万造は二歳になる前、山崎町の柊長屋に捨てられていた。

子供の泣き声に気づいた住人が表に出てみると、井戸《いど》の柱に帯ごと結びつけられていたという。もう二十五年も前の話だ。万造はこの長屋で十歳《とお》になるまで、鋳掛《いかけ》職人の源吉《げんきち》という男に育てられた。

柊長屋で、そんな昔のことを知っている者は、もう、ほとんどいない。おときはその中の一人だ。

年に一度は柊長屋に顔を出していた万造だが、知った顔も少なくなり、このところは疎遠になっていた。

「おときさんが、こんなところまで来るってえのはロクな話じゃねえな。今度はだれが死んだんでえ。棺箱《かんばこ》に片足突っ込んでたってえと、豆腐屋の隠居《いんきょ》か」

「縁起《えんぎ》でもないことを言うんじゃないよ。まあ、死ぬって言えばね、このままにしておくと、死ぬときに悔《く》やみそうだから来たんだよ」

「なんでえそりゃ」

引き戸が開いて、茶を持ってきたのはお栄《えい》だ。

「お客さんが来たみたいだったから」

「そいつぁ、すまねえな。そこに置いといてくんな」

お栄は茶を置くと出ていった。

「おときさん。死ぬときに悔やむってえのは、ずいぶんと洒落《しゃれ》た言い廻しじゃねえか」

おときは黙ったままだ。

「何でえ。その話をするためにここまで来たんじゃねえのかよ」

「それじゃ、話すよ。一昨日《おとつい》のことなんだけどね。あたしが出先から戻ったら

さ、一年ほど前、隣に越してきた大工《だいく》の女房《にょうぼう》がやってきてね……」

おときは茶を啜《すす》った。

「おときさん。今日の昼どきのことなんですけど、そこの井戸端《ばた》で若い女の人に

声をかけられたんですよ。柊長屋の人ですかって」

「若い女って、はじめて見る顔かい」

「ええ。尋ねたいことがあるって。二十五、六年前にこの長屋で捨て子があった

ことを知らないかって。男の子だって言ってましたけど」

おときの顔色が変わった。

「そ、それで、あんたは何て答えたんだい」

「あたしは、一年前に越してきたばかりだからって。隣に住んでるおときさんは

三十五年もこの長屋に住んでるそうだから訊《き》いてみればいいって。でも、おとき

さんは出掛けてるみたいだったし……」

「それで、どうしたのさ」

「どうしたって、帰っていきましたけど」


万造は平然としている。

「だから、あたしは昨日一日《きのういちんち》、待ってみたんだよ。その若い女が訪ねてくるんじゃないかと思ってさ。でも、来なかった。その捨て子って、万ちゃんのことだろう。万ちゃんの他には考えられないじゃないか」

万造は黙っている。

「余計なことをするんじゃねえって怒られるかもしれないけど、黙っているわけにもいかないよ。その若い女は何かを知ってるんだよ。だから、あたしはここに来たんだよ」

万造は優しく微笑《ほほえ》んだ。

「おときさん。すまなかったな。気を遣《つか》わしちまってよ。もうそんな話はどうでもいいじゃねえか。昔のことだ」

「そんなこと言ったってさ……」

「おときさんも忘れちまいなよ。もう、その話はおしまいだ。これは少ねえけどよ、帰《けえ》りに饅頭《まんじゆう》でも買ってくれや。おれも近《ちけ》えうちに顔を出すからよ」

「万ちゃん……」

「どうしたんでえ」

「こんな金じゃ、饅頭ひとつ買えやしないよ」


おときは万造の家を出ると、俯《うつむ》きながら歩いた。やっぱり余計なことをしたのだろうかと。回向院《えこういん》の前まで来ると——。

「おときさん……」

振り返ると男と女が立っている。女はさっき茶を届けてくれた女だ。

「おけら長屋の松吉《まつきち》ってもんだ。これは女房のお栄。申し訳ねえが、さっきの話を聞いちまったんでえ……」

お栄は頭を下げる。

「ごめんなさい。お茶を持っていったときに、これは何かあるって……。うちの亭主は、万造さんとは切っても切れない仲なんです。女房のあたしなんかよりも、ずっと、ずっと、深い絆《きずな》で結ばれているんです。だから、万造さんの本当の気持ちがわかるんです」

「申し訳ねえが、そこの茶店に付き合ってくれねえか。詳しい話を聞かせてもらいてえんだよ」

三人は、回向院の境内《けいだい》にある茶店に入った。

「茶を三つと、みたらし団子《だんご》を一本くれや。一本だぜ。三人で回し食いをするんだからよ」

おときは呆気《あっけ》にとられている。

「洒落だよ、洒落。おれたちはいらねえからよ。おときさんが食ってくれや。それで、その捨て子のことを尋ねてきた若《わけ》え女だが、どんな女だったんでえ」

おときは困り顔になる。

「そんなことを訊かれてもねえ。あたしが会ったわけじゃないし……」

お栄が割り込む。こんなときは、お栄の方が役者が上だ。

「若いって、いくつくらいなんだろうね。十六、七とか……」

「確か、十八、九って聞いたような」

「ふーん……。町人なのかなあ。お店《たな》のお嬢様とか、あたしたちみたいな長屋暮らしの娘とか。まさか武家《ぶけ》の娘ってことはないわよね」

「何にも言わなかったってことは、あたしたちと同じようなもんだろうねえ」

「上手《うめ》えなあ。流れるようだぜ」

松吉は感心する。

「黙っててよ。それで、また訪ねてくるって言ったのかしら。だって、捨て子の話は何も訊けなかったってことでしょう」

「そのあたりが、あやふやなんだよねえ……」

「そうかあ……。とにかく今度、その女の人が訪ねてきたら、名前や居場所を訊いておいてほしいの」

気がつくと、松吉が団子を食べている。

「そ、それは、あたしにくれるはずじゃ……、まあ、いいか。わかった。訊いておくよ」

「下谷山崎町といったら……。貸本屋《かしほんや》の九太郎《きゅうたろう》さんを知ってますか」

「ああ。九さんならよく知ってるよ」

「九太郎さんはこっちに得意先が何軒かあってね、三日に一度はやってくるんです。もし、その女の人が来たら、九太郎さんに伝えてくれないかな。酒場三祐《さかばさんゆう》のお栄って言えばわかるから」

「酒場三祐のお栄ちゃんだね」

松吉は懐《ふところ》から銭《ぜに》を取り出す。

「恩に着るぜ。これは少ねえけどよ。帰《けえ》りに饅頭でも買ってくれや」

おときは、その銭を眺《なが》める。

「あんた、万ちゃんと深い絆で結ばれているっていうのは本当なんだね。こんな金じゃ、饅頭ひとつ買えやしないよ」

おときは立ち上がった。


その夜、松吉は、島田鉄斎《しまだてっさい》とお染《そめ》を三祐に呼んだ。

「おや、松吉さんだけかい。万造さんはどうしたんだい」

「たぶん、今夜は一人で呑《の》みてえはずだ。どこかに行ったんだろうよ」

遅れてきた鉄斎が腰を下ろした。

「何があったのかな」

「じつは今日――」

松吉とお栄は、おときが来たことを話した。お染と鉄斎はしばらく黙っていた。お染は吸い上げるようにして酒を呑んだ。

「ふーん。そんなことがあったんだ……」

松吉は、お染に酒を注《つ》ぐ。

「おときさんにゃ、あんなことを言っちまったが、これでよかったのかってよ……」

お栄がメザシを持ってくる。

「あたしたち、余計なことをしちゃったのかなあ」

お染は笑った。

「どうして弱気になってるのさ。お節介《せっかい》はおけら長屋の看板だろう。だったらとことんお節介をしてみればいいじゃないか。それに……、万造さんと松吉さんの立場が逆だったら、万造さんはどうするかしらね」

　松吉の心の中に光が射《さ》した。

「万造さんが怒ろうが、迷惑がろうが、そんなことはどうでもいいじゃないか。大切なのは、万造さんのことを思う、松吉さんとお栄ちゃんの気持ちだよ。何が起こるかはわからないけど、あんたたちの気持ちは、必ず万造さんに通じるよ。ねえ、旦那《だんな》」

　鉄斎は微笑む。

「だが、その若い女はもう一度、おときさんのところに来るかな」

　松吉は猪口《ちょこ》の酒を呑みほした。

「来る。必ず来る。そうじゃねえと、お節介の焼きようがねえからな」

　松吉はそう言い切ると、メザシを食い千切《ちぎ》った。


　酒場三祐の暖簾《のれん》を手の甲で押し上げ、中を覗《のぞ》く男がいる。

「九太郎さん……」

九太郎はお栄がいるのを確かめると、かがむようにして入ってきた。

「すまねえが、水を一杯《いっぺえ》くれねえか」

九太郎は背負っている重そうな荷物を下ろした。

「おとき婆さんからの伝言だ。〝来てちょうだい〟。それだけだ」

お栄の表情《かお》は明るくなる。

「九太郎さん、わざわざありがとう」

九太郎は差し出された水を飲む。

「さ、酒じゃねえか」

「ほんのお礼よ」

「冗談じゃねえ。酒なんか呑んじまったら貸本が担《かつ》げなくならあ……。そうそう。伝言の続きがあった」

九太郎の意味ありげな表情に、お栄は身構えた。

「饅頭は買えなかったが、飴玉《あめだま》が二つ買えたそうだ」

九太郎は酒を呑みほすと出ていった。

翌日、松吉は下谷山崎町の柊長屋におときを訪ねた。

「土産《みやげ》のみたらし団子だ。この前《めえ》はおれが食っちまったからなあ。それで、その若《わけ》え女が来たってわけか」

おときは立ったまま、紙包みを開けて団子を見る。

「だいたい団子の土産っていうのは三本からだろう。一本ってえのははじめて見たよ」

「わはははは。手ぶらよりはマシだろう。それで、若え女は……」

「来たよ。二十五、六年前にこの長屋に捨て子があったのを知ってるかって。二歳前の男の子だ。だから、知ってると答えたさ」

「女は何か言ったか」

「その子は今、どうしてますかって」

「ありのままを答えたよ。十歳《とお》までこの長屋で育って、今は本所《ほんじょ》の貧乏長屋で暮らしてるってね。いい歳《とし》をして独《ひと》り者《もん》で、呑む・打つ・買うが大好きで、喧嘩《けんか》っ早《ぱや》くて、口が悪くて、お節介で、涙もろくて、情け深くて、あたしは大好きだって」

「その女はどうした」

「泣いてたよ」

「泣いてただと……」

「〝ちゃんと生きているんですね。よかった〟って涙を流してたよ」

「なんで泣くんだ。母親でもねえのによ」

「そんなことは知らないよ。お栄ちゃんに頼まれてたからさ、名前と住んでるところを尋ねたんだよ。ところが答えようとしない。礼を言って帰っちまったよ」

松吉は焦《あせ》る。

「おいおい。それじゃ話が終わっちまうじゃねえか」

おときは隣の家に声をかける。

「お幹《みき》さん。いるかい〜」

引き戸を開けて出てきたのは女だ。この前の話からすると、隣に住む大工の女房なのだろう。

「ほら。この前のことだよ。この人から頼まれたんだから話してやんなよ。もしかしたら駄賃をくれるかもしれないよ。飴玉が二つ買えるくらいの」

お幹は何の話だかわかったようだ。

「おときさんが飛び込んできて、あの女《ひと》の後をつけて、居場所を確かめてほしいって言うんです」

おときはしたり顔で――。

「その女は前掛けをしていて、下駄《げた》を突っ掛けていた。遠くから来たわけじゃない。そうは言っても、あたしはもう婆《ばばあ》だからね、ついていけるかわからないだろ。だから、お幹さんに頼んだのさ」

「言うことを聞かないと後が怖いから、やりましたよ。あの女は上野北大門町《うえのきただいもんちょう》の三橋《みつはし》長屋に住んでる、お蓮《れん》っていう女でした」

松吉は、おときの手から団子を取り上げる。

「そいつぁ、すまなかったなあ。お手柄だぜ。これはほんの気持ちだ。遠慮しねえで受け取ってくれや」

上野北大門町と言えば、不忍池《しのばずのいけ》の近くで、そう遠くはない。松吉は三橋長屋を訪ねてみることにした。

二

三橋長屋に着いた松吉は、井戸端にいた女に声をかけた。

「すまねえが、お蓮さんって女が、どこに住んでるのか教えてもらいてえんで」

その女は訝《いぶか》しげな表情《かお》で松吉を見た。

「お蓮は私ですけど……」

「あんたが……」

「あの……、どちら様ですか」

松吉は首筋《くびすじ》を掻《か》いた。

「おれは松吉ってんだ。さてと、どこから話すかなあ……。お蓮さん、下谷山崎町の柊長屋に行ったよな」

お蓮は驚いたようだ。

「そこで、昔の捨て子のことを尋ねた」

「どうしてそんなことを知ってるんですか」

「その捨て子は〝万造〟といって、おれの大切な相棒《あいぼう》なんでえ」

「そ、そうなんですか……。でも、どうして、ここがわかったんですか」

さすがに、おときさんが後をつけさせたとは言えない。

「はじめてお蓮さんが、柊長屋に行ったとき、捨て子のことを尋ねた女《ひと》がいただろう。お幹さんていう大工の女房だ。生憎《あいにく》とそのお幹さんは捨て子のことは知らなかったそうだがな。二日ほど前《めえ》、そのお幹さんが、この近くであんたを見かけたそうでえ。あんたは、この長屋の路地《ろじ》に入《へえ》っていった。これは偶然《たまたま》じゃねえ。お天道様《てんとさま》の引き合わせだ」

「それを、そのお幹さんから聞いたんですか」

「そういうこってえ。万造……、万ちゃんは自分の出生のことを何も知らねえし、何も語らねえ。自分でも触《ふ》れたくねえし、他人にも触れられたくねえことなんだろうよ。だが、万ちゃんは柊長屋のおとき婆さんから、降って湧《わ》いたような話を聞かされた」

「私が、柊長屋を訪ねたことですか」

「そうでえ」

「万造さんは、何と……」

「そんなことは忘れてくれと言ったそうでえ。だが、おれにはそれが万ちゃんの本心とは思えねえ。ま、万ちゃんにも、何が本心だか、わからねえだろうがな」

お蓮は黙って話を聞いている。

「万ちゃんは、自分を捨てた親を恨《うら》んでいる。このまま終わっちまっていいのか、おれにはわからねえ。おれと万ちゃんが暮らしている本所亀沢町《かめざわちょう》のおけら長屋は、揃《そろ》いも揃ってお節介な連中ばかりでよ。その人たちに言われた。松吉さんの気の済むようにすればいい。どんなことになっても、松吉さんの気持ちは、万造さんにわかってもらえると。お蓮さん……」

松吉は唾《つば》を呑み込んだ。

「あんた、万ちゃんの親のことを知ってるのか」

「ちょっと、歩きましょうか」

お蓮は松吉の返事も聞かずに歩き出した。

二人は不忍池が見える茶店の長床几《ながしょうぎ》に腰を下ろした。

「私は万造さんの親には会ったこともないし、名前も、どこのだれだかも知りません」

松吉には意外な言葉だった。

「それじゃ、どうして捨て子のことを知ってたんでえ」

店の主《あるじ》が茶を運んできた。

「私が住んでいる三橋長屋に、千尋《ちひろ》さんという女《ひと》が住んでいました」

「そ、それが、万ちゃんの母親か……」

お蓮は笑った。

「違います。万造さんの親には会ったことがないと言ったでしょう。順を追って話しますから慌《あわ》てないでください。その女は武家の出だってことですが、身寄りもないようで、ひっそりと一人暮らしをしていました。どこの生まれなのか、所帯《しょたい》を持ったことがあるのか、子供がいるのか、ほとんど話したことがなく、謎《なぞ》の多い女でしたね。どうやって暮らしを立てているのかもわかりませんでしたし」

「その千尋さんは、三橋長屋に住んでいたって言ったな。今はどうしてるんでえ」

「半月ほど前に亡くなりました。享年《きょうねん》四十三と聞いています」

「死んだ……」

「ええ」

お蓮は茶に手を伸ばした。

「胃の腑《ふ》にしこりができたみたいです。一年ほど前から寝込むようになって、日に日に痩《や》せていきました。千尋さんは私の家の隣に住んでいたので、たびたび様子を見に行ってたんです。それが、五日に一度になり、三日に一度になり、毎日になりました」

「お蓮さん。あんた、優しい人なんだな」

「お節介なだけです。松吉さんと同じです」

お蓮は茶を啜った。

「千尋さんは、食べ物も喉《のど》を通らなくなって……。あれは亡くなる十日前のことでした。私が様子を見に行くと、枕元に座ってほしいと言うんです。もう長くないことがわかっていたんでしょうね」

お蓮はゆっくりと湯飲み茶碗《ぢゃわん》を長床几に置いた。

千尋は天井を見つめたまま、か細い声で――。

「お蓮さんに聞いてほしい話があります。あの世まで持っていこうと思っていたのですが、だれかに話した方が楽な気持ちで死んでいけるような気がします」

　お蓮は頷《うなず》く。

「私でよければ何でも話してください」

「今から二十八年前、私はある旗本屋敷《はたもとやしき》で行儀見習《ぎょうぎみなら》いをしておりました。私は武家の娘でしたから、行儀見習いなどといっておりましたが、体《てい》のよい女中《じょちゅう》です。そのお屋敷には下働きの下女《げじょ》もおりました。町人の娘で、飯炊《めした》きや厠《かわや》の掃除《そうじ》などの雑事《ざつじ》が仕事です。その下女の中に、お悠《ゆう》さんという女《ひと》がいました。目立たない女でしたが、頼まれたことは嫌《いや》な顔ひとつせず、一生懸命に働く人でした。下女は屋敷に住み込まず、通いで働くのが決まりでしたが、お悠さんは住み込みでした。きっと、朝の飯炊きなどを受け持っていたからなのでしょう」

　千尋は、ひと言ひと言を噛《か》み締めるように話した。

「そんなお悠さんの様子がおかしくなりました。どうやら身籠《みご》もったようなのです」

「父親はだれなのですか」

「そのときはわかりませんでした。でも、噂《うわさ》ではお殿様《とのさま》がお悠さんに手をつけたということになっていました。そして、お悠さんは暇《ひま》を出されたのです」

武家の屋敷では珍しくない話なのだろう。

「しばらくすると、私はお悠さんのことなど、すっかり忘れてしまいました。申し訳ありません。お水をいただけませんか」

お蓮は瓶《かめ》から水を汲《く》んで、千尋に薬と水を飲ませた。

「お悠さんがいなくなってから、二年くらいたったころ……。私は夜遅く、奥方《おくがた》様《さま》に呼ばれました。うっ……」

千尋は薬が喉に張りついてむせたようだ。お蓮は千尋にもう一度、水を飲ませて背中を撫《な》でる。

「ありがとうございます。もう大丈夫です」

千尋は横になった。

「奥方様の話によると、お悠さんはお殿様の子を産《う》み、どこぞで暮らしているというのです」

「どうして、そんなことがわかったのでしょうか」

「お殿様の側近が、決まって月に一度出掛けるので、奥方様が下の者に後をつけさせたところ、とある小さな一軒家に金子《きんす》を届けていたそうです。奥方様はその側近を問い詰めました。奥方様の実家は一千石《いっせんごく》の大身《たいしん》旗本で、お殿様よりも格上《かくうえ》の家柄です。逆らえる者はいません」

「お悠さんは、やはり、お殿様の子を産んでいた……」

「そうです。男の子です。お殿様と奥方様の間には、お子がなかったので、そのお子はお世継《よつ》ぎです。本来なら、お悠さんを武家の養女にして側室《そくしつ》として迎えるはずです。お殿様は奥方様に遠慮したのでしょう。ですが、ご自分の子は可愛《かわい》い。だから、月に一度、金子を届け、暮らしが立ちゆくようにしていたのです」

千尋は大きく息を吸い込んだ。

「大丈夫ですか。続きは明日にでも聞きますから……」

千尋は首を振って話を続ける。

「奥方様の怒りは収まりませんでした。元来、癇癪《かんしゃく》持ちで、私たちに手を上げることもあったお方です。私は奥方様の口から出た言葉を聞いて、背筋《せすじ》が凍りました」

お蓮の背中にも冷たい汗が流れた。

「だれにも気づかれずに、その男の子をかどわかして、殺せと……。このまま自分が子を産めなければ、お悠さんが産んだ子がお世継ぎになるかもしれません。ましてや町人、それも下女が産んだ子です。そんなことは許せなかったのでしょう」

「まさか、千尋さんは……」

「奥方様が私を名指ししたのには理由《わけ》があるのです。私の父は、奥方様の実家に仕《つか》える武士だからです」

「だから、断れるわけがないと……」

「その通りです。断れば私の家は終わりです。身分の低い武士など虫けら同然ですから」

「それで、千尋さんは……」

「奥方様からは、機会を伺い、その子をかどわかしたら、首を絞めて殺し、川に投げ込むように言われました。そして私は、お悠さんの子をかどわかしたのです」

お蓮にも話が見えてきた。

「でも、千尋さんは、その子を殺すことができなかった……」

「私は、その子を抱《かか》えて夜の町を彷徨《さまよ》いました。橋の上にも立ちましたが、涎《よだれ》を流して安らかに眠るあどけない顔を見たら、投げ捨てることなどできるはずもありません。どれだけ彷徨い続けたでしょうか。もう、東の空はうっすらと明るくなってきています。気がつくと、そこは下谷山崎町の長屋の井戸端でした。私は男の子を下ろすと、帯から矢立《やたて》と紙を取り出し、〝このこ　そだてて　ください　なまえ　ありません〟と書きました。本当にその子の名前は知らなかったし、町人が捨てたと思わせたかったからです。その子の帯を解《と》いて、井戸の柱に結びつけました」

「その長屋の名は覚えていますか」

「確か、柊長屋だったと思います。表の木戸《きど》にそう書いてありましたから。桜が咲いているころのことです」

千尋は目を瞑《つむ》った。

「奥方様には、子供は殺して川に投げたと伝えました。私はそのことを忘れることにしました。あれは悪い夢だったたと。ですが、忘れることなどできるわけがありません。何かにつけて、あの子の顔が瞼《まぶた》に浮かびます」

「わかります。忘れられることではないでしょうから」

「三年後、私の行儀見習いは終わりました。奥方様は何も言わずにまとまった金子をくださいました。意味はわかりますよね。私はそれから、実家に帰らず、ずっと一人で生きてきました。妻となり、子が産まれたら、死ぬまで怯《おび》えて暮らさなければなりません。このことが知れたら、夫や子はどうなるのか、と」

千尋は大きく息を吐いた。

「私の話はこれで終わりです。ありがとう、お蓮さん。話を聞いてくれて。なんだか胸のつかえがとれたようです。二十五年も胸につかえていたものが、なくなったようです」

千尋はもう一度、大きく息を吐いた。

千尋は、その十日後、眠るようにして旅立った。

　不忍池には夕陽《ゆうひ》が赤く射し込んでいる。お蓮はしばらくその水面《みなも》を眺めていた。

「その話を聞いてから、その子のことばかり考えていたんです。気になって、気になって、どうしようもなかった。私には関わりのないことだって、わかってはいる。だけど、仕方ないでしょう。気になるんだから」

　松吉は笑う。

「何とも思っちゃいねえよ。それが人情ってもんだろう。まあ、相当なお節介には違《ちげ》えねえがな。柊長屋に行って、万ちゃんのことを聞いたとき、泣いてくれたんだってな。ありがとうよ」

「だって、嬉しかったから」

「ところで、千尋さんは何も言わなかったのかい。その旗本の名前や、屋敷の場所、子供をかどわかしたところを……」

　お蓮は頷いた。

「二十五年も前のこととはいえ、そんなことが知れたら、一大事になるでしょうから」

「辛《つら》かっただろうな、その千尋さんって女《ひと》は。ところで……」

　松吉は冷《さ》めた茶を啜った。

「千尋さんは、一人暮らしで亡くなったそうだが、家には何も残っていなかったのかい」

「大家《おおや》さんと私が調べたんです。お金が三両《りよう》近くありました。そのお金で大家さんがお寺で供養《くよう》してくれるそうです。あとは……。部屋にあるのは、簞笥《たんす》と布《ふ》団《とん》くらいです。まだ、そのままになっています」

「簞笥の中は見たのかい」

「ええ。何枚かの着物と、小物《こもの》がありましたけど」

「それを見せてもらうわけにはいかねえかなあ。もちろん、大家に立ち会ってもらってもかまわねえ」

「四十九日《しじゆうくにち》までは、そのままにしておくと言ってたから大丈夫だと思いますよ。もし、身寄りがいることがわかれば、知らせることができるし、無縁仏《むえんぼとけ》にならずに済むから大家さんも喜ぶと思います。松吉さん……」

「何でえ」

「松吉さんは、お悠さんがどうしているのか知りたいんでしょう。私も仲間に入れてくれませんか。だって、乗り掛かった船だもん」

「あんたも物好きだなあ」

「松吉さんほどじゃありませんけど」

「お蓮さん。あんた、仕事は何をしてるんだい」

「笛《ふえ》職人のおとっつぁんの仕事を手伝ってるんです。おっかさんは早くに亡くなって、三橋長屋でおとっつぁんと二人で暮らしてます。仕事っていっても仕入れた竹を取りに行ったり、出来上がった笛を納めに行くくらいだから、どうにでもなるんです」

「そいつぁ、頼もしいや。おれと万ちゃんもよ、奉公人《ほうこうにん》なんだが、仕事なんざどうにでもなるんでえ」

松吉は大声で笑った。

　酒場三祐で松吉から話を聞いているのは、お栄、お染、鉄斎、そして、万造だ。お栄、お染、鉄斎の三人は、松吉の話を聞きながら横目で何度も万造を見る。万造がどう出るかわからないからだ。

　延々と喋《しゃべ》り続けた松吉は酒で喉を湿《しめ》らす。

「——というわけだ。これが、お蓮さんが話してくれたすべてだ。おれは万ちゃんに隠《かく》し事《ごと》はしねえ。おけら長屋のみんなにもだ。ただし、相模屋《さがみや》の隠居は除《のぞ》くがな」

　みんなは笑ったが、万造は笑わない。

「お蓮さんも力を貸してくれるそうでえ。乗り掛かった船だってんでな。おれはやるぜ。それがおけら長屋ってもんだからよ。みんなはどうする。無理にとは言わねえが」

　お栄はお盆《ぼん》を胸に抱き締めたままだ。

「あたしは、お前さんの女房だからやるんじゃないよ。おけら長屋の住人だからやるんだ」

お染は若い娘のように両手で胸をおさえる。

「きゃ〜。みんな聞いたかい。〝お前さん〟だって。お栄ちゃんが松吉さんのことを〝お前さん〟だって。はじめて聞いたよ。こっちの方が恥ずかしくなるねえ」

お栄の顔は真っ赤だ。

「からかうのはやめてくださいよ。それで、お染さんは、やるの、やらないの？」

お染は酒を呑みほすと、その猪口を鉄斎に渡して酒を注ぐ。

「やるに決まってるじゃないか。ねえ、旦那」

鉄斎はその酒を呑みほして猪口を万造に渡した。そして、お染が酒を注ぐ。みんなが万造を見つめた。万造はどう出るのか――。

「まったく、物好きが揃っていやがるぜ。てめえのことだと思えば、こっ恥《ぱ》ずかしくもなるが、他人の話となりゃ、こんなに面白《おもしれ》えことはねえだろうからな」

万造は猪口の酒を呑みほした。お染はその猪口に酒を注ぐ。

「だったら、他人のことだと思えばいいじゃないか……」

お染の目から涙が流れている。驚いたのは万造だ。

「ど、どうしたんでえ。いきなり泣き出してよ」

お染は手の甲で涙を拭《ぬぐ》った。

「思い出しちまったんだよ。いつだったか、酔《よ》った万造さんがあたしに言ったんだ。もし、自分を捨てた親に会うことができたら、恨みつらみを散々《さんざつ》ぱら言い続けてやるってね。万造さんは親に捨てられたんじゃなかった……。あたしはそれが嬉しくてねえ。万造さんにそんなことは言わせたくないから」

万造はお染に酒を注ぎ返す。

「一歩間違《まちげ》えれば、川に投げ込まれてたんだから、五十歩百歩ってとこじゃねえのか」

「違えねえや」

笑う松吉の額《ひたい》を、お栄が叩《たた》いた。

「万造さん。一番かわいそうなのは万造さんじゃなくて、万造さんのおっかさんだったんだね。自分の子供がかどわかされて、どこに行ったのかわからない。御旗本のお殿様との子だから、奉行所《ぶぎょうしょ》に申し出ることも、公《おおやけ》にすることもできなかったんだよ」

お染は独《ひと》り言《ごと》のように呟《つぶや》く。

「どうしてるんだろうね、お悠さん……。会わせてやりたいね、万造さんに……」

湿っぽくなった場を松吉が変える。

「だけどよ、万ちゃんが旗本の子供だったとは驚いたぜ。もしかしたら、お世継ぎってことになるかもしれねえぞ」

お染は万造にすり寄る。

「そしたら、あたしは側室にしてもらおうかねえ」

お栄も万造にすり寄る。

「あら、あたしの方が若いですけど」

鉄斎は背筋を伸ばす。

「私の仕官《しかん》の道も開けるかもしれん。よろしく頼む」

「旦那まで何を言い出すんですかい」

一同が笑った。万造は真顔《まがお》になる。

「松ちゃん。おれは、そのお蓮さんに会いに行くぜ。一度、話を聞きてえ。聞き洩《も》らしてることがあるかもしれねえしな。それに、千尋さんの残したものも確かめてみてえ」

万造は嬉しかった。自分は捨て子ではなかった。親に捨てられたのではなかった。そして、自分のことのようにお節介を焼いてくれる仲間たち。そこにあるのは、ただ、心の底から仲間のことを思う純粋な気持ちだけだ。万造は心の中で手を合わせる。

（千尋さん、ありがとうよ。よく、思い留《とど》まってくれたな。あんたのおかげで、おれはこんなに幸せだ）

万造は猪口を軽く持ち上げると、目を瞑ってその酒を呑んだ。

三

翌日、上野北大門町の三橋長屋に向かって歩いているのは、万造、松吉、お染の三人だ。

「松ちゃん。店は大丈夫《でえじょうぶ》なのかよ」

「それはこっちの台詞《せりふ》でえ。万ちゃんこそ大丈夫なのかよ」

「ああ。どうにでもならあ。ごちゃごちゃ言うなら、いつでも辞《や》めてやらあ」

松吉は指を差す。

「あそこの路地を入《へえ》ったところが三橋長屋でえ」

お蓮を訪ねると、父親は出掛けているらしく、家に上げてくれた。

「おけら長屋の仲間で、お染さん。そして、噂の万造だ」

お蓮は万造の顔をまじまじと見る。

「あなたが……。千尋さんが抱きながら町を彷徨い続けた……」

お蓮の頬《ほお》に涙が伝う。

「千尋さんにひと目、会わせたかったです。どんなに喜んだことでしょう。それでは、千尋さんのところに行きましょう。待ち侘《わ》びているでしょうから」

隣家の引き戸を開くと、奥の座敷《ざしき》には粗末な台があり、その上に位牌《いはい》が立てられている。

「さあ、万造さん。どうぞ」

お蓮はロウソクに火を灯《とも》すと、座布団《ざぶとん》を差し出す。万造はその上に正座をした。

「千尋さん。万造さんですよ。万造さんが会いに来てくれたんですよ」

万造は線香《せんこう》に火をつけると、両手を合わせる。万造は長いこと、そのまま動かなかった。松吉とお染は、そんな万造を静かに見守った。

お蓮は三人と向き合った。

「大家さんと、おとっつぁんには千尋さんの知り合いが来ると言ってあります。三両の他にはたいしたものは残されていなかったので、好きにしてくださいとのことでした。形見分《かたみわ》けになりそうなものがあれば、持ち帰ってくださいとも言ってました。供養になるからって」

三人は簞笥の引き出しを上から順に引く。残されていたのは、数枚の着物と、籐《とう》で編んだ蓋《ふた》つきの籠《かご》だけだ。

お染は畳《たたみ》の上で着物を広げる。万造と松吉は籠の蓋を開いて、中の物を取り出した。御守や、矢立、簪《かんざし》などの小物ばかりで、手紙や書き残したものは何もない。

万造は並べた小物を眺めながら――。

「お蓮さん。これを預からしちゃもらえねえか」

お染も着物を眺めながら――。

「これも、預からせてくれないかねえ」

お蓮は「でも……」と口走る。松吉が――。

「心配《しんぺえ》しねえでくれ。質に流したりはしねえからよ」

「違いますよ。こんなものを持っていっても、何にもならないという意味ですから」

お染は笑う。

「余計なことを言うんじゃないよ。本当にやりそうだと思われるだろ」

「違《ちげ》えねえや」

みんなが笑った。


三人は持ち帰ったものを三祐の座敷でお披露目《ひろめ》する。

鉄斎が手に取ったのは紫色の布だ。

「これは袱紗《ふくさ》だな」

「なんですか、そりゃあ」

「袱紗とは進物《しんもつ》の上にかけたり……」

鉄斎は言葉を切った。

「確か、千尋さんはその屋敷での行儀見習いを終えるとき、まとまった金子を受け取ったと言ったそうだな」

松吉は吐き捨てるように――。

「言ってみりゃ、口止め料ってやつですよ」

「千尋さんがその金子で暮らしてきたとするなら、かなりの大金だと思う。小判《こばん》の切り餅《もち》を渡すとき、袱紗に包むのが武士の作法だ。切り餅を渡したら、袱紗は引き取るのだがな。だが、中を見られたくなかったのなら、そのまま渡すことがあるかもしれん」

万造は首を捻《ひね》る。

「旦那。何が言いてえんですかい」

「袱紗には家紋《かもん》を入れるのが慣《なら》わしだ。旗本であればなおさらだろう」

万造は袱紗を手に取る。

「ありましたぜ」

「そう。それだ。丸に六つの瓢簞《ひょうたん》……。見たことのない家紋だ。千尋さんが行儀見習いをしていた旗本の家紋かもしれん。調べてみる意味はありそうだな」

お染は着物を裏返している。

「この着物は〝さんさ織り〟といってとても珍しいものだよ。確か越後《えちご》の特産だったと思う。紬《つむぎ》の中でも高価なものでね。慎《つつ》ましい暮らしをしていたはずの千尋さんが、こんな着物を持っているとはねえ……。江戸でも扱っている店は知多屋《ちたや》さんしかない」

「お染さん。知多屋を知ってるんですか」

「知ってるさ。茅場町《かやばちょう》にある呉服屋でね、反物《たんもの》から古着までいろいろ扱っている。あたしも仕立て直した着物を知多屋さんに納めたことがあるよ。千尋さんは、この知多屋と関わりがあるのかもしれないね」

お栄は感心する。

「何気ないものでも、何かが隠されてるものなんですね」

お染は手にしていた着物を抱き締める。

「これはね、もう、この世にはいない千尋さんからの伝言なんだよ。あたしたちに、見つけてください、気づいてくださいって、頼んでるのさ。あたしにはそう思える」

「あたしもそんな気がしてきました」

「そうさ。だから、あたしたちが見つけてあげなきゃいけないんだよ」

「千尋さんが箪笥の引き出しに残した秘《ひ》め事《ごと》を、あたしたちが紐解《ひもと》くことができるかってことなんですね」

「なるほどなあ……」

万造が呟く。

「どうしたんだい」

「ひっそりと暮らしていたって、人ひとりが生きてきたんでえ。必ずどこかに生きてきた痕跡《あと》を残してるはずだ。だれかに何かを話しているはずだ。湯屋《ゆや》で会う名も知らねえ女かもしれねえし、行商《ぎょうしょう》の男かもしれねえ。お蓮さんだって、忘れていた何かを思い出すかもしれねえしな」

万造は手にしていた簪を握り締めた。

お満《まん》は千代田城《おしろ》近くにある御典医《ごてんい》、大久保蒼天《おおくぼそうてん》の屋敷を訪ねた帰り、せっかくここまで来たのだからと湯島天神《ゆしまてんじん》に寄った。蒼天の屋敷では、若い医者たちの資質を見極《みきわ》めるため、蒼天が面談を行っていた。公費での留学が叶《かな》うわけだから、その選考は厳しいものになるのだろう。

お満は賽銭《さいせん》を投げ入れて、手を合わせる。蒼天から聞かされた話では、長崎での勉学は厳しいもので、日々行われる試験についていけぬ者は、容赦《ようしゃ》なく切り捨てられるとのことだった。自分はついていくことができるのだろうか。その重さや辛さに耐えることができるのだろうか。学問の神様は何も答えてくれない。お満はいつだったか、聖庵《せいあん》に言われた言葉を思い出した。

《医者としての道を極めるもよし、このまま聖庵堂で働くもよし、女としての幸せをつかむもよし。すべてはお前が決めることだ》

お満は父、宗右衛門《そうえもん》と衝突して木田屋《きだや》を飛び出した。医者になりたいという思いを宗右衛門は真っ向から否定した。だが、宗右衛門は、お満が聖庵の弟子《でし》になれるよう、裏から手を回してくれていたのだ。人様《ひとさま》の役に立つ医者になりたいという思いは、あのころと何も変わっていない。変わったことがあるとすれば、好きな男《ひと》ができたことだ。医者として進む道。好きな男への思い……。長崎は遠いところだ。そして、三年という月日……。お満は何ひとつ答えを見出《みいだ》せない自分が情けなかった。

境内で引いたおみくじは〝凶〟だった。

湯島天神から坂を下れば、左手には不忍池が見えてくる。水面には蓮《はす》の葉が広がっている。そのとき、お満は息を呑んだ。

万造さん――。

路地から出てきたのは、万造と若い娘だ。お満はとっさに身を隠した。不忍池の畔《ほとり》は、出合茶屋《であいぢゃや》が立ち並び、男女が密会することで知られている。

どうして、こんな刻限《こくげん》に万造さんが――。

それも、若い娘とこんなところで――。

相手は見たことのない娘だった。二人は寄り添うようにして歩くと、不忍池の畔に立った。

　万造は蓮の葉を眺めながら――。

「そうか。それで、お蓮《れん》って名になったのか。おれは無筆だけどよ。確か、蓮っていうのは、蓮《はす》って字じゃねえのか」

「私はこの池の近くで生まれたから。もうちょっと考えてほしかったけど」

「いい名前《なめえ》だと思うがな。ところで……」

　万造は真顔になる。

「この前《めえ》預かった品物の中から、手がかりになりそうなもんがいくつか出てきたぜ」

「本当ですか」

「ああ。今のところ、袱紗に着物だ」

　万造は袱紗の家紋のこと、着物を扱っただろう知多屋のことを話した。

「おけら長屋に住む浪人《ろうにん》の旦那と、お染さんが調べてくれるそうでえ」

「おけら長屋の人たちって、すごいんですね」

「おれたちは、千尋さんの思いを見つけ出して、紐解くことにしたんでえ。だれにも打ち明けることができなかった千尋さんの思いをよ。おれのおっかさんのことなんて、二の次でいいんでえ」

お蓮の頰に涙が流れた。

「千尋さんは、きっと喜んでいると思います」

「涙もろいんだなあ、お蓮さんは。人ってやつは、どんなにひっそりと暮らしていようが、どんな秘め事を抱えていようが、どこかで必ず息抜きをするもんでえ。どれだけ気を張っていても、気の抜けるときがあるもんでえ。千尋さんにそんな人はいなかったかい。会えば立ち話をする婆さんとか、出入りの棒手振《ぼてふ》りとか、通っている菓子屋があったとか……」

お蓮は目を閉じる。

「うーん。そんなことを急に言われても……」

「思い出したことがあったら、教えてくれねえか」

お蓮は目を開いた。

「そう言えば……」

「だれかいるのか。立ち話の婆か、棒手振りか、それとも、菓子屋か」

お蓮は呆《あき》れる。

「松吉さんと同じで、せっかちなんですね。人の話を終わりまで聞けない……」

「江戸っ子なんて、そんなもんでえ」

「十日に一度ほど、長屋に顔を出す屑屋《くずや》さんがいるんです。安兵衛《やすべえ》という人ですね。千尋さんの家に寄ると、お茶を飲みながらよく長話をしてました。屑を出したことなんて滅多《めった》になかったと思うんですけど」

「そうか……。屑屋の安兵衛さんか……」

「この長屋に安兵衛さんが来たら、必ず知らせますから」

万造とお蓮は、また歩きだした。


お満は遠くなる二人の背中を見つめていた。あんな真面目《まじめ》な表情《かお》をして話す万造をはじめて見た。そして、あの娘の涙……。ただならぬ仲であるのは間違いない。お満は自分の心に言葉を投げかけてみた。

私は万造さんが好きだ。万造さんも私のことが好きだと信じている。本所界隈《かいわい》では噂になっていることも知っている。でも二人の気持ちを確かめ合ったことはない。私は万造さんの何を知っているのだろうか。もしかしたら何も知らないのではないか……。

お満はそのまま聖庵堂に帰ることができず、竪川《たてかわ》に架《か》かる一《ひと》ツ目之橋《めのはし》から大川《おおかわ》（隅田川《すみだがわ》）に沈む夕陽を見つめていた。

「夕焼けを眺めて黄昏《たそが》れてるなんざ、お満さんも大人《おとな》の女になったんだねえ」

振り返ると、そこに立っているのは、お染だ。お満は夕陽に目を戻す。

「私だって、そんな気分になることもあるんですよ」

「ごめんよ。からかったわけじゃないから」

お染も並んで夕陽を眺める。

「医者っていうのは辛い仕事なんだねえ」

「仕方ないです。自分で選んだ道ですから。泣き言は言えません」

「言ってるじゃないか」

「お染さんにだからですよ」

丸くて赤い陽《ひ》の中を、連《つら》なった雁《かり》が飛んでいく。

「お律《りつ》さんから聞いたよ。長崎に留学する話があるんだってね。どうするんだい。三年は帰ってこられないそうだけど……」

お満は何も答えない。

「お満さんなら大丈夫だよ。だって、聖庵先生が太鼓判《たいこばん》を押したんだろ」

お満は夕陽を見つめたままだ。

「万造さんには話したのかい」

お満は首を振った。

「どうしようか、迷っているんです」

「万造さんに話すことをかい。それとも長崎に留学することをかい」

お満は俯いた。

「どっちもってことかい。悩みがたくさんあって贅沢《ぜいたく》だねえ」

お満は俯いたまま――。

「今日、不忍池で万造さんが女の人と会っているのを見てしまったんです」

「不忍池でかい……。またずいぶんと乙《おつ》なところで逢引《あいび》きをするもんだねえ」

「やっぱり、逢引きですよね……」

「そう思うのかい」

「だって、いつもの万造さんじゃなかった。女の人は泣いてたし……」

お染は笑った。

「なーんだ。あたしはてっきり、お満さんが診《み》ていた人が死んじまって気落ちしてるのかと思ったよ。そんなことだったのかい」

「そんなことって……」

「お満さん。万造さんのことが好きなんだろ」

お満は微《かす》かに頷いた。

「心の底から好きなんだろ」

お満は少しだけ大きく頷いた。

「だったら、ありのままを万造さんに訊いてみればいいじゃないか」

「でも……、もし、その女の人と万造さんが……」

「そんときはそんときさ。それくらいの勇気がなくて、長崎が聞いて呆れるよ。好きってことは、相手を信じるってことさ。たとえ裏切られることになったとしても、自分は相手を信じるってことさ。それしかないんだよ。もう万造さんは三祐にいるころだろ。ほら、行ってきなよ。だれがいようが、だれが聞いていようがかまやしないさ。さあ。行っといで」

お染がお満の尻《しり》を叩くと、お満は意を決したように頷いた。

お満が三祐の暖簾を潜《くぐ》ると、奥の座敷では、松吉、お栄、鉄斎が万造の話を聞いているところだった。万造は口の動きを止める。

「なんでえ。女先生じゃねえか」

お栄は自分が座っていた席を空《あ》ける。

「お満さん、ここに座って。そう言えば、万造さん。お満さんにこの話はしたの？」

「まだしてねえ」

「大切な話なんだから、お満さんに話さなきゃ駄目じゃないの。ねえ、お前さん」

松吉は大袈裟《おおげさ》に驚く。

「おいおい。話してねえのかよ。そりゃ、まずいだろう。ねえ、旦那」

鉄斎は猪口を傾けながら——。

「お満さんは知っているものだと思っていたのだがな」

万造は首筋を掻く。

「その、なんてえか、照れ臭《くせ》えってえか……。こういう話は、回りの連中が、その、なんとなく伝えてくれるもんじゃねえのかよ」

やっぱりそうだったのかと、お満は覚悟を決めた。

「万造さん。今日、不忍池で女の人と会ってたよね。そのことでしょう」

万造は驚く。

「何でそんなことを知ってるんでえ」

「通りかかったもんだから……」

「だったら声をかけてくれりゃいいじゃねえか。今もその話をみんなにしてるところでえ」

万造は嬉しそうだ。お満はお染を恨んだ。こんなことになるなら、ここに来ない方がよかった。万造は続ける。

「それで、お蓮さんが、安兵衛っていう屑屋を思い出したってわけよ」

お満は涙を堪《こら》えた。ここで泣いてしまったら自分が惨《みじ》めすぎる……。

（えっ？　安兵衛？　屑屋？）

お栄が茶々を入れる。

「それじゃ、お満さんには何が何だかわからないじゃないの。いいわ。あたしが順を追って話すから。ちょっと長い話になるけど」

お満は、お栄から、松吉から、そしてときどき万造から話を聞く。

柊長屋のおときが万造を訪ねてきたことからはじまって、松吉とお栄のお節介。お蓮が千尋から聞かされた驚くべき出来事……。

お満はその話を聞きながら何度も目頭《めがしら》をおさえた。

「よかった。よかったね、万造さん。親に捨てられたんじゃなかったんだね」

松吉は、お栄が運んできた徳利《とくり》を受け取る。

「万ちゃんのおっかさんは、万ちゃんがどうなったのか知らねえ。どれほど苦しい思いをしただろうな。二十五年たったからって忘れられる苦しみじゃねえ。何としても、万ちゃんに会わせてやりてえ」

「生きてるのかどうかも、わからねえがな」

万造の一言に、松吉は語気を強める。

「生きてる。生きてるさ。かどわかされた子供に会える日がくるかもしれねえ……。その一念で、死ぬことなんざできねえんだよ」

松吉はみんなに酒を注いだ。そこにやってきたのは、お染だ。

「おや。みなさん、お揃いで……」

万造はお染を待ち兼ねていたようだ。

「お染さん。お蓮さんに会いに不忍池まで行ってきたぜ。着物の話をしたら、お蓮さんが感心してたっけ」

お満は、お染を睨《にら》みつける。お染は惚《とぼ》けて外方《そっぽ》を向いた。お満は、隣に座ったお染の耳元で囁《ささや》く。

「ひどいじゃないですか。私を騙《だま》したんですね」

「あはは。あんまりじれったいからさ。医者にもたまには、苦い薬が要《い》るんじゃないかと思ってね」

お染は悪びれる様子もなく、猪口の酒を呑みほした。

四

お染は茅場町にある呉服屋《ごふくや》、知多屋を訪ねた。

「番頭《ばんとう》さん。ご無沙汰《ぶさた》をしております。本所亀沢町のお染です」

番頭は「お染さん……」と繰り返してから――。

「ああ。お染さん。その節はお世話になりました。あなたの仕立ては評判がよかったので重宝《ちょうほう》させていただきました。また、ぜひお願いしますよ」

お染は丁寧《ていねい》に頭を下げた。

「番頭さん、今日はお訊きしたいことがあって、お伺いいたしました」

まだ店は開いたばかりなので、商《あきな》いの邪魔にはならないだろう。

「この着物を見ていただきたいのです」

お染は帖紙《たとうがみ》を開いて二枚の着物を見せた。番頭はその着物を手に取って開く。

「これは、うちで扱ったものですな。この着物が何か……」

「じつは、ある長屋で一人暮らしの女の方が亡くなりました。箪笥にこの着物があったそうです。身寄りがなかったみたいで、大家さんも困っているのです。多少の金子も残されていたようですが、もし、遠縁の方でもわかれば金子や着物をお渡ししたいそうです。さんさ織りは珍しいので、こちらで何か手がかりが見つかればと思いまして……」

　番頭はその着物を見つめている。

「亡くなられた方のお歳は？」

「四十三歳と聞いていますが」

「その長屋というのは？」

「上野北大門町にある三橋長屋です」

　番頭は目を閉じた。

「お名前は……、確か……、ち……」

「千尋さんです」

「そう。千尋さんでしたな」

「ご存知なんですね、千尋さんを」

　番頭はあたりを見回した。大きな声を出さないでほしいという仕種《しぐさ》なのだろう。

「お染さん。どうぞこちらに」

番頭は店の奥にある小上《こあ》がりの隅《すみ》に、お染を案内した。

「千尋さんは、先代の主《あるじ》の妾だった女《ひと》です」

「妾……」

知多屋ほどの店であれば、主が妾を持つなど珍しいことではないし、どうしても隠さねばならぬようなことでもない。

「先代の主が亡くなってから、もう十年になります」

番頭は、その着物を見つめた。

「私がまだ丁稚《でっち》だったころの話です。不忍池の畔にある出会茶屋まで、旦那様のお供《とも》をしたことがあります」

「この着物に見覚えがあるのですね」

「ええ。思い出しました。先代の主が千尋さんに差し上げたものです。間違いありません。この着物を抱えて、お供をしたのは私ですから」

「先代の旦那様は、どのような経緯《いきさつ》で、千尋さんとそのような間柄になったのでしょうか」

「さあ。私はまだ丁稚だったもので」

「千尋さんは若いころ、行儀見習いで、ある御旗本のお屋敷に上がっていたことがあるらしいのですが、そんな話を聞いたことはありませんか」

「ありませんなあ。ところで、お染さん。せっかく来ていただいたのですから、仕立て直しの仕事をお頼みしてもよろしいですかな」

「も、もちろんです。何だか、仕事の催促に来たようになってしまい、申し訳ありません」

千尋の話は、ここで行き止まりとなった。


お染はその日の夕刻《ゆうこく》、三祐でこの話をする。万造は少しの間をおいてから――。

「生半可《なまはんか》なことじゃ、女は一人で生きていけねえんだなあ」

松吉はお染に酒を注ぐ。

「旗本の奥方から、どれだけの金をもらったのか知らねえが、それだけじゃ暮らしていけなかったんだろうよ。まして独り身じゃ、先々のこともあらあ。お蓮さんが言ってた。千尋さんがどうやって暮らしを立てていたかわからねえと。そういうことだったのか」

お栄は感慨深げだ。

「お栄ちゃん、どうしたのさ」

「何だか心に沁《し》みるね。人って奥深いものなんだなって。簞笥の引き出しにあった何気ないものから、思いもよらなかった、その人の足跡が明かされていく……」

自分の母親も妾だったお栄の言葉は深い。お染はしみじみと酒を呑んだ。

「本当だねえ。あんな小さな簞笥の引き出しなのにねえ。話はそこで終わっちまったけどさ」

「どうやら、お染さんも苦戦しているようだな」

座敷に上がってきた鉄斎は、腰から刀を抜くと、胡坐《あぐら》をかいた。お栄が鉄斎の前に猪口を置くと、松吉がその猪口に酒を注いだ。

「家紋の件ですかい」

鉄斎は猪口を軽く上げると、その酒を呑んだ。

「江戸にいる大名や旗本の武鑑《ぶかん》があってな。石高《こくだか》や系図から家臣や奥方、菩提寺《ぼだいじ》に至るまで詳しく記されているものだ」

　万造が合いの手を入れる。

「言ってみりゃ、武家の人別帳《にんべつちょう》みてえなもんですよね」

「そうだ。武家は格式や体面を重んじる。武家同士が関わるときは、相手方の石高や系図などを調べて、それに応じた対応をせねばならんからな」

「いちいち面倒臭《めんどくせ》えなあ」

「まったくだな。そして、その武鑑には……」

「家紋が載ってるってわけですね」

「察しがいいな。黒石《くろいし》藩の屋敷に行って、工藤《くどう》殿にその武鑑を見せてもらった」

「それで、袱紗の家紋は……」

「旗本であの家紋を使っているのは、江戸で二家しかいない」

　松吉が割って入る。

「それじゃ、すぐにわかるじゃねえですか」

「その家紋の旗本が、お悠さんが下女として働いていた旗本屋敷とは限らんがな」

「だが、今は、その家紋頼みってことですぜ」

鉄斎は懐から取り出した紙を開く。

「ひとつは、市ケ谷谷町《いちがやたにまち》に屋敷がある六百石の旗本、米倉右京《よねくらうきょう》。武鑑によると当主の米倉右京は三十五年前に米倉家の嫡男《ちゃくなん》として生まれ、六年前に家督《かとく》を継いでいる。千尋さんが行儀見習いをしていた旗本の屋敷で世継ぎがいなかったというのは、万造さんの歳から考えても三十年近く前の話だろう。つまり、米倉右京ではないということだ」

松吉は固唾《かたず》を呑む。

「残るはひとつってことですね」

「四百石の旗本、小笠原仁兵衛《おがさわらにへえ》。米倉右京とは親戚《しんせき》だ」

「だから、家紋が同じなんですかね。そ、それで、その小笠原ってえ人は……」

鉄斎は静かに紙を畳《たた》んだ。

「工藤殿にお願いして調べてもらった。すると小笠原家は改易《かいえき》されていた」

「〝かいえき〟って……」

「小笠原仁兵衛は十年前に亡くなっていて、小笠原家は世嗣断絶《せいしだんぜつ》で改易。家禄《かろく》、屋敷を没収されていた」

「何ですかい。その〝せいしだんぜつ〟ってえのは……」

「わかりやすく言えば、後継ぎがなく取り潰《つぶ》しになったということだ」

松吉は後《うし》ろに倒れそうになるが、お栄が途中で食い止めた。

「そ、それじゃ、その小笠原って野郎《やろう》が、万ちゃんのおとっつぁんだとしたら、そのまま子が生まれねえで、それまでよってやつですかい。なんてもったいねえことをしやがるんでえ。跡取りはここにいるのによ」

万造は大笑いする。

「わははは。その、四百石の跡取りが、あんな汚《きたね》え長屋で食うや食わずの暮らしをしてるとは、なんとも情けねえ」

お栄も悔やみ切れないようだ。

「残念だわ〜。そうしたら、あたしたちはどれだけ万造さんのおこぼれに与《あずか》れたのかしら。ああ、死んでも死に切れない」

「馬鹿《ばか》野郎。そしたら、おめえたちなんぞと知り合ってねえや」

「違《ちげ》えねえや」

みんなが笑った。腹を抱えて笑った。涙を流しながら笑った。みんなの笑いが収まったころ、お染が万造に酒を注ぐ。

「よかったね、万造さん。四百石の御旗本になってたら、こんなに笑えることはなかっただろうからね」

松吉が、お栄が、お染が、鉄斎が、万造を見つめて、笑いすぎた涙を拭った。

お染は溜息《ためいき》をつく。

「さてと。振り出しに戻っちまったねえ。どうしますか、みなさん」

「諦めねえよ。これだから面白《おもしれ》えんじゃねえか。燃えてくるぜ」

松吉は徳利を鷲《わし》づかみにすると、酒をあおった。


「屑〜い。屑屋でござい〜。屑〜い」

その声に、お蓮は外に飛び出した。

「屑屋さーん。安兵衛さーん」

長屋の路地を歩いていた安兵衛は、まるでお蓮を待っていたかのように微笑んだ。陽に焼けた皺《しわ》だらけの顔は人のよさを物語っている。

「お蓮ちゃん、いたのかい。ちょうどよかった。千尋さんのところはまだそのままになってるんだろ」

お蓮は頷く。

「線香をあげさせてもらおうと思ってよ」

お蓮にとっても都合のよい話だ。お蓮は安兵衛を千尋の家に上げた。安兵衛は位牌の前で正座をすると、手拭いの頰《ほ》っ被《かぶ》りを外す。

「この前《めえ》来たときは、千尋さんが亡くなった翌日だったなあ。最後に会うことができてよかった。死んだ人に会えてよかったってえのも、おかしな話だけどよ……」

安兵衛は線香を立てて、手を合わせた。

お蓮は、そのときのことを思い出した。安兵衛が行商に来たので、前日に千尋が亡くなったことを告げた。

さぞ驚くだろうと思っていたが、安兵衛は、まるで千尋が死ぬことを知っていたように落ち着いていた。そして、千尋の死に顔を見つめる安兵衛は穏《おだ》やかな表情《かお》をしていた。

　安兵衛が合わせていた手を膝《ひざ》に置いた。

「ねえ、安兵衛さん。ここに来るとさ、お茶を飲みながら千尋さんと長話をしてたみたいだけど、どんな話をしてたの」

「何で、そんなことを訊くんだい」

「安兵衛さんが千尋さんの死に顔を見つめていたときのことを思い出したから。安兵衛さんが千尋さんにね、〝これで楽になれたな。長いことご苦労さん〟って言ってるように見えたから」

　安兵衛は白木《しらき》の位牌を手に取った。

「どんな話って、ありふれた世間話《せけんばなし》だ。なあ、千尋さん」

　やはり何かがある。お蓮はそう思った。

「私が物心がついたころから、千尋さんはここに住んでた。安兵衛さんもそのころから、この長屋に出入りしてた。よくよく思い出してみると、たいして孱を出すこともない千尋さんのところに、必ず顔を出してたんだよね、安兵衛さんは……」

安兵衛の顔つきが少し変わった。

「お蓮ちゃん。いきなり、そんなことを言い出すなんざ、おかしいじゃねえか。何かあったのかい」

「ねえ、安兵衛さん。安兵衛さんは、千尋さんの何かを知ってたんじゃないの？」

「お蓮ちゃん。おれが先に尋ねてるんだぜ。どうして、そんなことを訊くんでえ」

お蓮は安兵衛の手から、優しく位牌を取り上げた。

「千尋さんに罪滅ぼしをさせてあげたいから。千尋さんはその咎《とが》を胸にしまい込んだまま死んでいった。だから私が千尋さんの代わりに謝るの。それは、私がやらなきゃいけないことなの。ここまで首を突っ込んじゃったんだから……」

お蓮は位牌を抱き締めて泣き出した。

「お蓮ちゃん。なんだかわからねえが、話を聞かせてもらおうじゃねえか」

安兵衛は足を崩して胡坐をかく。

お蓮は、千尋が旗本の屋敷に上がっていたときの出来事を話した。

「それじゃ、千尋さんは、その子をかどわかして殺そうとしたが、それができずに下谷山崎町の長屋に置いてきたってえのかい」

「千尋さんはどんなに苦しかったことか。自分の家のことを考えたら断ることはできない。それ以上に、何の罪もない子供を殺して川に投げ込むなんてできるわけがない。どうしようもなかったのよ」

お蓮の涙を見て、安兵衛は深い溜息をついた。

「そんなことがあったのかい」

「だから、その捨てられた子が生きてるって知ったときは嬉しかった。もし、その子をお悠さんに会わせてあげることができたら、千尋さんは救われる。もちろん、許してはくれないだろうけど、千尋さんの心はほんの少し楽になるはず。だから、私が千尋さんの代わりに謝るの。そのためには、どうしても、その、お悠という人を見つけなければならないの」

温和だった安兵衛の表情《かお》は引き締まった。

「そうだったのか……」

安兵衛は腑に落ちたように頷いた。

「お蓮ちゃんの話はわかった。それじゃ、おれの知ってる話をしよう」

お蓮は涙を拭って頷いた。

「おれが、この長屋で千尋さんと会ったのは、かれこれ二十年も前《めえ》のことだ。寄ったところで、たいした屑も出ねえし、商《あきね》えにはならねえと思ってた。ある日……」

安兵衛は喉が渇いたのか、竹筒から水を飲んだ。

「千尋さんの家の前に一朱金が落ちてたんでえ。おれは引き戸を叩いて、千尋さんに声をかけた。千尋さんは思い当たる節《ふし》があったようで、財布や袖口《そでぐち》を調べてたっけなあ。一朱金がねえってえから、おれはその金を千尋さんに渡した。何度も頭を下げて礼を言ってたよ」

お蓮は、そのときの千尋の姿が目に浮かんだ。

「おれが背を向けて行こうとしたら、千尋さんに声をかけられたんだ。頼みてえことがあるってな。ある家に金を届けてほしいってんだ」

「ある家にお金を……」

お蓮は繰り返した。

「ああ。だが普通の届け方じゃねえ。その家の者《もん》に気づかれねえように、金を家に置いてきてくれってんだ。もし、その家の者に見つかっても、自分のことは決して言わねえでくれと」

「安兵衛さんは、それを引き受けたんですか」

「ああ。安兵衛さんのように正直な人にだったらお願いできるって、涙ながらに頼まれてよ。駄賃《だちん》までくれるってんだから、断れねえだろ」

お蓮の胸はざわめく。

「千尋さんは、その家の方とどんな関わりがあるんでしょうか」

「おれも尋ねたが、それは訊かないでくれと。おれも野暮《やぼ》なことを言うつもりはねえ。だがよ、だれが住んでるかわからねえところに金を置いていけねえだろう。引っ越しちまって、違う人が住んでたって、こっちにはまるでわからねえんだからよ。だから、せめて、名前《なめえ》だけは教えてくれと言ったんでえ。それとなく、近所の人に確かめることはできるからな」

「それで……」

お蓮は息を呑んだ。

「その家に住んでいる人の名は……。お悠さんだ」

お蓮は位牌を抱き締めたまま、安兵衛に詰め寄る。

「どこなの。お悠さんの住んでいるところはどこなの？」

「小網町《こあみちょう》一丁目の小さな一軒家だ。お蓮ちゃん。慌てねえでくれ。おれは長《なげ》えこと、その家に金を置いていった。引き戸の下からすべりこませてよ。年に二、三度のことだったがな。だが、十年前《めえ》、その家には〝空き家〟の札がぶら下がっていた」

「空き家に……」

「それを伝えると、千尋さんは驚いた様子だったが、何も言わなかったな。おれもそれとなく隣り近所の人に、お悠さんのことを訊いてはみたんだが、あまり付き合いもなかったようで、どこに行っちまったのかはわからなかったんだ。それに、千尋さんは、その家に住む人のことは訊かないでくれと言ってた。それをほじくり返すのは野暮ってもんだろう」

お蓮は肩を落とした。

「でも、行ってみる。どこかに行ったってことは、そこで亡くなったってことじゃないでしょう。何か手掛かりがあるかもしれない。安兵衛さん。その小網町の一軒家の場所を教えて……」

「教えるのはいいけどよ……。お蓮ちゃん。どうしてそこまでやるんだい。話を聞く限りじゃ、そこまでの関わりがあるとは思えねえがな」

お蓮は困ったような表情《かお》をして笑った。

「それがね……。私にもわからないの。言ってみれば神のお告げかなあ。だれかが耳元で囁いているのよねえ。〝やれ〟って」

安兵衛は呆れ顔で、その場所を教えた。

五

お蓮は小網町一丁目にある一軒家の前に立った。隣に小さな稲荷《いなり》があるので間違いない。空き家になっていたのは十年も前の話で、今は誰かが住んでいるようだ。こうなれば当たって砕けろだ。お蓮は引き戸越しに声をかけた。

「御免ください」

二度、声をかけると引き戸が開いて、中から女が出てきた。

「ちょっと、お尋ねしたいんですが……。十年ほど前、この家にお悠さんという方が住んでいたと思うのですが、ご存知ありませんか」

女は首を傾《かし》げたが、迷惑そうにはしていない。

「さあ、知らないねえ。でも何度か名前を耳にしたことはあるねえ。そうだ。この家の持ち主に訊いてみればいいよ。そこの路地を入った突き当たりに黒い門の家があるから。甚五郎《じんごろう》さんといって、ここの家主《やぬし》だ。そこに行ってごらんよ」

「そ、そうですか。ありがとうございます」

お蓮は丁寧に頭を下げた。そして、甚五郎の家に向かう。

甚五郎はいかにも暇そうな老人で、お蓮を家に上げてくれた。

「お悠さんですか。ええ。知ってますよ」

「本当ですか。そ、それで、お悠さんは、今どこにいるのでしょうか」

「お悠さんはね……」

「い、生きてるんですすよね」

「あなた、せっかちですなあ。人の話を最後まで聞くことができないのですか」

お蓮は万造に言ったことと同じことを言われて、自分を落ち着かせた。

「お悠さんは生きてますよ。木挽町《こびきちょう》一丁目にある……、料理屋……。確か……、さ、さくら屋という料理屋にいると聞きました」

「今も、そのさくら屋さんにいるんですね」

甚五郎は頷いた。

「三月《みつき》くらい前でしたかねえ。この町内に出入りしてる炭屋が、町中でばったりお悠さんと出くわしたそうでね。その炭屋さんから聞いた話です。たぶん、その料理屋で下働きでもしているのでしょう。苦労の絶えない女《ひと》でしたからねえ。ここを出ていくときも、お金に困っているようでしたから」

「木挽町一丁目のさくら屋さんですね」

「確かにそう言ってましたよ」

お蓮は木挽町に行き、さくら屋という料理屋を覗いてみようと思ったが、足が向かなかった。お悠の暮らしぶりを見るのが怖かったからだ。それよりも――。

このことを万造に話すべきなのか悩んだ。だが、ここまで首を突っ込んでおいて、逃げるわけにはいかない。その覚悟がないのなら、はじめから他人事《ひとごと》で済ませるべきだったのだ。お蓮はおけら長屋へと向かった。

酒場三祐の暖簾を潜ると、奥の座敷に万造と松吉、そして、お染の顔が見える。お蓮が声をかける前に、気づいたのは松吉だ。

「お蓮さんじゃねえか。どうしたんでえ。まあ、こっちに上がってくれや」

お蓮はそこに座っている浪人を気にしているようだ。

「気にすることはねえ。おけら長屋の住人で、島田の旦那だ。おれたちの身内みてえなもんだからよ」

「島田鉄斎です」

鉄斎は会釈《えしやく》をした。

お蓮は万造から聞いた話を思い出した。

「ああ。袱紗の家紋を……」

「残念ながら、役には立たなかったがな」

お栄が座布団と猪口を持ってきたので、お染はお蓮の席を作った。

「よくここがわかったね」

「ええ。おけら長屋に行ったら、この居酒屋を教えてくれました」

お染は、お栄から受け取った猪口をお蓮の前に置いた。

「私、お酒は呑めないんです」

「そうなのかい。じゃあ、お茶にしてもらおうね。ところで、どうしたんだい。こんな川向こうまで出張《でば》ってくるなんて……」

「じつは……」

俯いていたお蓮は、顔を上げた。

「万造さんのおっかさんが見つかりました」

「へえ～。そうだったのかい……。万造さんのおっかさんがねえ……。な、なんだって～」

「ですから、万造さんのおっかさんが見つかったんです」

一同は顔を見合わせる。

「経緯《いきさつ》を詳しく話しておくれよ」

お蓮は頷いた。

「屑屋の安兵衛さんのことは、万造さんに話しましたよね」

万造は頷く。

「千尋さんのことを何か知ってるかもしれねえっていう屑屋のことか」

「ええ。安兵衛さんは、千尋さんに頼まれて、小網町にある一軒家にお金を届けていたそうです。もう二十年も前の話だそうです。だれからだかわからないように、家に金を投げ入れてほしいと。安兵衛さんは、それを年に二、三度、十年も続けたそうです。千尋さんと相手の人にどのような関わりがあるのか尋ねたけど、それは訊かないでくれと……」

それが万造の母、お悠であることは、なんとなく察しがつく。

「安兵衛さんは、せめて名前だけは教えてほしいと言ったそうです。相手がだれだかわからないんじゃ、その人が引っ越してしまって、別の人が住んでいてもわからないって。相手の人の名は……、お悠さんというそうです」

「決まりだな」

松吉が呟いた。

「他人の懐事情はわからねえが、千尋さんが知多屋の妾になっていたのも、お悠さんに金を届けるためだったのかもしれねえなあ。せめてもの罪滅ぼしだったたんだろうよ。それで、お悠さんは今もそこに住んでいるのかい」

お蓮は首を小さく横に振った。

「十年ほど前に引っ越して、いなくなったそうです」

「ど、どこに……」

お染が口走ったのを、万造が止めた。お蓮に喋らせるためだ。

「さっき、小網町に行ってきました。その一軒家には別の人が住んでいて、お悠さんのことは知らないそうですが、近くに住んでいる家主さんから話を聞くことができました。お悠さんは、木挽町にあるさくら屋という料理屋で下働きをしているそうです」

お蓮の声はだんだん小さくなっていく。万造がお蓮の顔を覗き込む。

「どうしたんでえ。私の手柄だって、胸を張る場面《とこ》じゃねえのかい」

「だって……」

お蓮は目頭をおさえた。

「正直に言います。はじめは楽しかった。謎解《と》きをしているようで……。おけら長屋のみなさんも、いい人たちばかりで、私もその輪の中に入りたかった。それに、千尋さんの気持ちを思うと、何としてもお悠さんと万造さんを会わせてあげたいと思いました。そして、お悠さんに千尋さんの気持ちを伝えたかった。許してくれないだろうけど、そうすれば千尋さんは救われるって……」

目頭をおさえたお蓮の指の間から、涙が流れた。

「私、少しは大人になったような気がします。世の中には辛い思いをしている人がたくさんいるんです。それを胸の奥に隠して、だれにも話さず、だれにも助けを求めず、じっと耐えて暮らしている。切《せつ》ないです……」

お染は、お蓮の背中をそっと撫でる。

「そうさ。多かれ少なかれ、みんな同じなんだよ。だから、あたしたちは助け合って生きていくのさ。それが長屋の暮らしってもんなんだよ」

お蓮は涙を拭った。

「私、おけら長屋のみなさんに、なんとなく惹《ひ》かれていたんです。それは、みなさんが、目には見えない絆で結ばれていたからなんですね。でも、おけら長屋のみなさんには、その絆が見えている。私にもその絆が、ほんのりと見えてきたような気がします」

一同は黙ってお蓮の話を聞いている。

「木挽町のさくら屋さんに行ってみようと思ったんです。でも、お悠さんを見るのが怖くなった。きっと、お悠さんが育った家は貧しかったんだと思う。そんなお悠さんが下女として働いていた屋敷で、主に手をつけられて身籠もり、暇を出された。そして、お腹《なか》を痛めて産んだ子は、かどわかされてどうなったのかわからない。お悠さんは何も悪くないんですよ。みんな、まわりの人の都合じゃないですか」

お蓮の目からは涙が溢《あふ》れ出す。

「小網町の家主さんは、お悠さんがお金に困っていたようだと言ってました。だから、さくら屋さんで下働きをすることになったんです。私は胸が痛くなりました。私が柊長屋を訪ねなければ、こんな思いをせずに済んだのかなあって。万造さんも、何も知らなかった方が幸せだったのかなあって……。本当は逃げだしたかった。でも、ここで逃げるわけにはいきません。だから、ここに来たんです。おけら長屋のみなさんに私の話を聞いてほしくて……」

お蓮は小さな声で「ごめんなさい」と言った。お染は、お蓮の肩に手を回して抱き寄せる。

「なんで、お蓮さんが謝るのさ。あんただって何も悪いことはしてないよ。それどころか、みんな、喜んでる。おけら長屋のことを褒《ほ》めてくれてさ。ねえ、みんな」

万造も、松吉も、鉄斎も、お栄も、そしらぬ表情《かお》をしているが気持ちはひとつだ。万造が膝を叩いた。

「それじゃ、行ってみようじゃねえか。そのさくら屋っていう料理屋によ。お蓮さん。もちろん、あんたにも一緒に行ってもらうぜ。ここで逃げだすわけにはいかねえんだろう」

万造はその酒をあおった。


翌日、万造とお蓮は、木挽町のさくら屋に向かった。お蓮は万造に尋ねる。

「万造さん。どうするんですか」

「どうするって、何がよ」

「お悠さんがいたら、どうするのかってことですよ。身の上を確かめてから、自分がかどわかされた子だって名乗るんですか」

「わからねえ……」

「わからないって……」

木挽町はもうすぐだ。

「さくら屋ってえのは料理屋なんだろう。腹も減ったことだし、とりあえず、飯でも食ってみようじゃねえか」

お蓮は立ち止まって感心する。

「肝《きも》が据《す》わっているんですね。ふたつのころに生き別れた母親に会えるかもしれないっていうのに」

「今さら、じたばたしたって仕方ねえだろ。だけどよ……」

万造は弱気な表情《かお》を見せた。

「わかりますよ。なんだかんだ言っても、胸が張り詰めるようになるんでしょう」

「おれの気持ちをわかってくれるか。すまねえが、飯代を貸してくれ。じつは百文《もん》しか持ってねえ」

お蓮は前のめりに倒れそうになった。

紀伊国橋《きのくにばし》を渡った左手に提灯《ちょうちん》が見える。〝めし〟という大きな文字の横には〝さくら屋〟と書かれている。

「あそこですかね」

「何が料理屋でえ。飯屋に毛の生えたようなもんじゃねえか」

「でも、昨日のお店よりは、だいぶマシですけど」

「違《ちげ》えねえや」

二人は提灯の前に立った。

「それじゃ、入《へえ》るぜ」

万造は暖簾を撥《は》ね上げて中に入る。お蓮もそれに続いた。店の中は真ん中が通路になっていて、両側が小上がりの座敷になっている。時刻が早かったせいか、まだ客はいない。

「いらっしゃい」

若い女のかん高い声が店の中に響く。万造とお蓮は座敷に上がり、向かい合って座った。

「ねえちゃん。この店の自慢の一品は何でえ」

「煮込み豆腐です。味噌《みそ》で煮込んだ豆腐に、葱《ねぎ》と季節のものを添えてます。お酒にも、ご飯にも合いますよ」

「そうかい。それじゃ、その煮込み豆腐をふたつに……、お蓮ちゃんは呑めねえから飯だな」

お蓮が頷く。

「飯をひとつに、酒を一本つけてくれや」

「あいよ」

店の女は厨《くりや》に消えていった。お蓮は、その厨の方を覗き込む。

「下働きの女の人はいないようですねえ」

「そう焦るこたあねえや」

万造は店の中を見回す。小ざっぱりとしていて、掃除も行き届いている。品書きを見ると、昼間は町人たちが飯を食いに来る店なのだろう。昼飯どきが近づいて、席が埋まりだした。

「お待たせしました」

店の女将《おかみ》と思われる女が煮込み豆腐、酒、飯を運んできた。煮込み豆腐は小さな土鍋に入れられて、グツグツと音を立てている。

「おお。美味《うま》そうじゃねえか」

「熱いですから気をつけてくださいよ。火傷《やけど》したって薬礼《やくれい》は払わないからね。お客さん。ここに来るのははじめてかい。前にも来てくれたような気もするけど」

万造は笑う。

「はじめてでえ。美味《うめ》えって、噂に聞いたもんでよ」

「それじゃ、早くこの煮込み豆腐を食べてごらんよ。ちょいと七味《しちみ》を振りかけてさ」

万造は茶色く煮込まれた豆腐を匙《さじ》ですくって口に運んだ。

「あふあふあふ。こいふは、あふあふ、うめあふあふ……」

「はっきり、お喋りよ」

万造は酒を呑む。

「こいつぁ、美味えや。豆腐に味噌がしみ込んでらあ。その味が舌に残ってるうちに酒を呑まねえとなあ」

「通《つう》だねえ」

お蓮も豆腐を口に運ぶ。

「あふあふあふ。こふふは、あふあふ、おいふふふ」

「はっきり、お喋りよ」

お蓮は白飯を食べる。

「美味しい。この味噌の味が舌に残っているうちにご飯を食べないとねえ」

「通だねえ。よかったら贔屓《ひいき》にしておくれよ」

その女が厨に戻りかけたとき、お蓮が――。

「あ、あのう。この店に、お悠さんって方はいますか。たぶん、下働きをしている女《ひと》だと思うんですけど……」

女は振り返る。

「お悠は、あたしだけど……」

「あ、あなたが……」

お悠は不思議そうな表情《かお》をする。

「どうして、あたしの名を知ってるんだい」

返答に困ったお蓮に、万造が助け船を出す。

「この店に、お悠さんっていう乙な女がいるって聞いたもんだからよ」

「今、この娘さんは、下働きの女《ひと》って言ってたけどねえ。まあ、そんなことはどうでもいいやね。お酒、もう一本つけようか」

「ああ。そう願《ねげ》えてえな」

「あいよ」

お悠は厨に消えていった。

「お悠違いってやつですかね。私が思っていた女《ひと》とはぜんぜん違う。不幸を一身に背負ってなければ、お悠さんとは言えないわ」

「勝手に、人を不幸にするんじゃねえよ」

「でも、万造さんを二十歳《はたち》くらいで産んでいるとすれば、今は五十手前……。歳はそんなとこなんだけどなあ」

万造は何も答えなかった。

大方、席も埋まったころ、店に入ってきたのは、みすぼらしい身なりの女と、三つくらいの女の子だ。母親と思われる女は両手でお椀《わん》を持ち、女の子は母親の着物をつかんでいる。だれが見ても物乞いだ。女は店の中を見回す。

「余りものでも結構ですから、何か恵んでもらえませんか」

入口の近くで飯を食べていた職人二人が大声で怒鳴《どな》る。

「馬鹿野郎。おめえたちなんぞに入《へえ》ってこられたら、臭《くさ》くて飯が食えやしねえ」

「まったくでえ。とっとと出ていきやがれ」

奥から店の女が飛んできた。

「ごめんなさいね。裏に回ってちょうだい。何かあげますから」

職人は箸《はし》を叩きつけるように置いた。

「おうおう。謝るんだったら、こっちの方が先じゃねえのか。この店は、おれたちよりもこんな小汚《こきたね》え奴《やつ》らの方が大切《てえせつ》だってえのか」

お悠も厨から出てきた。そのとき、万造がその物乞いの母子《おやこ》に向かって――。

「おう。遅かったじゃねえか。待ってたんだぜ。早くこっちに座んな。女将さん。おれの女房と娘だ。客なんだから文句はねえよな」

お悠の口角《こうかく》が上がる。万造の意図が読み込めたようだ。

「あるわけないだろう。さあ、ここに座っておくれ。今、何か見繕《みつくろ》ってくるからね」

お蓮が二人を座らせた。治まりがつかないのが、職人の二人だ。

「冗談じゃねえ。こんなやつらと一緒に飯が食えるかってんだ」

「なんなら、おれたちが叩き出してやるぜ」

立ちかけた万造を制して、お悠は職人たちの前で仁王立《におうだ》ちになった。

「ここはあたしの店だ、だれを入れようがあたしの勝手だろ。お前さんたちみたいな血も涙もない丸太ん棒の方が客じゃないってんだよ。とっとと出ていくのはお前さんたちの方だ。お代はくれてやらあ」

お悠の啖呵《たんか》に気圧《けお》された職人二人は、箸を投げ捨てると、捨て台詞を残して店から出ていった。

「おみっちゃん。塩まいときな」

お悠はそう言うと、職人たちが食べ残した、煮込み豆腐、メザシ、ご飯などを、母子の前に運んでくる。

「さあ、遠慮しないでお食べ」

呆気にとられていた万造だが、腹の底から笑いが込み上げてくる。

「わはははは。こいつぁ、やられたぜ。何が〝今、何か見繕ってくるからね〟でえ。食い残しじゃねえか。わははははは」

万造がそのメザシを齧《かじ》ると、お悠も一緒になって笑う。

「あはははは。だって、もったいないだろう。勢いで、お代はいらないって言っちまったんだからさ。あははははは。あんただって粋《いき》なことを言うじゃないか。〝おれの女房と娘だ〟なんてさ。あははははは」

お蓮が呟く。

「やっぱり、この二人は母子《おやこ》かもしれない……」

万造が酒をあおった。

「そりゃ、そうだろ。この人たちは、だれが見たって母子じゃねえか」

「いや、そっちの二人じゃなくて……」

万造はお悠に――。

「この二人に、温《あった》けえもんでも、こせえてやってくれや。こちとら江戸っ子でえ。ここで会ったのも何かの縁だからよ」

母親は涙を流した。

「ありがとうございます。この食べ残しで、あたしたちには充分です……」

母親はその涙を拭おうともしない。

「嬉しかったです。食べ物のことじゃないです。お二人の言葉が嬉しかったです。どこに行っても〝人〟として扱ってもらったことなんてありません。哀れんでくれる人はいます。恵んでくれる人もいます。でも、あなた方はそんなあたしたちを同じ〝人〟として扱ってくれました……」

万造は笑う。

「おかしなことを言うんじゃねえよ。あんたたちは〝人〟じゃねえか。まさか狸《たぬき》か狐《きつね》が化《ば》けてるわけじゃねえだろう。みんな、同じ〝人〟なんだよ」

女の子は、ご飯をむさぼるようにして食べている。お悠はそれを嬉しそうに眺める。

「あんたの言う通りだねえ。あたしだって、この母子のようになっていたかもしれない。どこかで、曲がり角をひとつ間違えたら、どうなるかわからないのが世の中だからねえ」

「お悠さん。早《はえ》えとこ、この二人に何かこせえてやってくれや」

お蓮が小声で――。

「大丈夫なんですか、万造さん。百文しか持ってないんでしょう。私だって、そんなには持ってませんよ」

お悠はその言葉を聞き逃《のが》さない。

「な、何だってえ〜。百文しか持ってないくせに〝何かこせえてやってくれや〟なんて、どの口が言ってるんだい。食い逃げなら、物乞いよりもタチが悪いじゃないか。あはははははは」

「違《ちげ》えねえや。わはははははは」

万造は物乞いの母子《おやこ》に頭を下げる。

「すまねえ。やっぱり、この食べ残しで我慢してくれ。わはははは」

「まったく、江戸っ子が聞いて呆れるよ。いいんだよ。あたしに任せておきな。あははは」

お蓮は万造とお悠を交互に見て頷いた。

「間違いない。この二人は母子だ」

お悠が煮込み豆腐を運んできた。物乞いの母子は味わうように、嚙み締めるように、煮込み豆腐を食べる。

「どうでえ。身体《からだ》が温まっただろう」

母親は胸を手でおさえた。

「いいえ。身体よりも心が温かくなりました。このご恩は一生忘れません」

「そんな嫌味《いやみ》は言わねえでくれや。なんせ、百文しか持ってねえ貧乏人なんだからよ」

「とんでもない。お金では買えないものをたくさん頂戴しました」

お蓮は、満腹になった女の子の頭を優しく撫でた。

万造とお蓮が店を出ると、お悠が見送りに出てくる。

「なんとか、食い逃げにならなくて済んだぜ」

お悠は微笑む。

「また来ておくれよ」

「ああ。必ず来るさ。それまで元気でいてくれよ」

「あんた、万造っていうのかい」

「ああ」

「万造さんか……。生まれは江戸かい」

「わからねえ。捨て子なんでな。二歳になる前《めえ》に下谷山崎町にある長屋に捨てられてたそうでえ」

万造は店の前に吊《つ》るされている提灯を見た。

「さくら屋か……。桜が散《ち》るころだったって話だがな」

お悠は万造を見つめる。じっと見つめる。

「それじゃ、また来るぜ」

万造は歩き出す。お蓮は何度も振り返りながら、万造の後を追った。

「はっきり確かめなくていいんですか。ねえ、万造さん。万造さんってば」

万造は何も答えない。万造とお蓮は、すぐ近くの牛草橋《うしのくさばし》で別れた。

万造は三祐の暖簾を潜る。奥の座敷に集まっているのは松吉、お染、鉄斎の三人だ。万造はその席に腰を下ろした。みんなが訊きたいことはわかっている。

「おっかさんだったぜ」

お染が身を乗り出す。

「ほ、本当かい」

「ああ。確かめちゃいねえがな」

松吉が割って入る。

「そりゃ、どういうことでえ」

万造は、お栄が投げた猪口を受け取る。計ったように松吉が酒を注いだ。万造はその酒を美味そうに呑む。

「美味《うめ》え。今日の酒は格別に美味えや」

万造は、さくら屋での出来事を話した。

「あれは、間違《まちげ》えなく、おれのおっかさんだ。ひと目見たときにすぐわかった。わははは。母子《おやこ》じゃなけりゃ味わうことのできねえ阿吽《あうん》の呼吸《いき》だったぜ。二十五年も前《めえ》に生き別れた母子が巡り合って〝おっかさん〜〟ってんで、抱き合って泣く場面もいいがよ、確かめなくても母子だってわかり合えるのも乙なもんだ」

お染が万造に酒を注ぐ。

「それじゃ、お悠さんも……」

「ああ」

「万造さんのことを、自分の子だとわかったっていうのかい……」

「たぶんな」

「お蓮さん！」

お栄が素《す》っ頓狂《とんきょう》な声を上げる。

お蓮は重い足取りで座敷に上がると、万造の前で頭《こうべ》を垂《た》れた。

「ごめんなさい。余計なことだとはわかってたんだけど、どうしても、どうしても確かめたくて、お悠さんのところに戻っちゃいました」

万造は溜息をつく。

「まったく、どこまでお節介《せつけえ》な小娘なんでえ」

「だって……」

松吉がまたしても割って入る。

「それで、どうなったんでえ」

「私が訊く前に訊かれちゃった。さっきの男はあたしの子供なんだろうって」

「やっぱりな……」

　万造が呟く。

「私は訊いたの。昔、武家の屋敷で下働きをしていたことがありますかって。千尋さんのことを謝りたかったから。そのことは認めたけど、千尋さんのことは覚えていなかった。だから、千尋さんのことを話した。千尋さんは死ぬまで苦しみ続けたって……」

　お染は静かに猪口を置いた。

「お悠さんは、何て言ったんだい」

「何も言わなかった」

「そうかい」

「だから私も、もう何も訊かなかった。お悠さんが、どうやって暮らしてきたのか、小網町の家を越して十年、どうして、さくら屋の女将さんになったのか……」

　万造は頷く。

「お節介のお蓮さんにしちゃ上出来《じょうでき》だ。それが粋ってもんだからよ」

鉄斎は鼻の頭を掻く。

「千尋さんの部屋にあった、あの小さな簞笥の引き出しにだって、あれだけの秘め事が隠されていたんだ。人の心の中にある引き出しには、どれだけの秘め事が詰まっているのだろう。その引き出しは開けずに、そっとしておくのが優しさというものではないかな」

お蓮は、おけら長屋の人たちから、たくさんのことを学んだような気がした。

「そう言えば、あの物乞いの母親は、さくら屋で働くことになったそうですよ。おみっちゃんっていう娘《こ》が嫁にいくんで、代わりに働いてくれる女《ひと》を探していたそうです」

「よかったじゃねえか。なんたって、おれの女房と娘なんだからよ」

万造は嬉しそうだ。お栄が徳利を持ってくる。

「ねえ。みんなで、その、さくら屋さんに行ってみようよ」

一斉に「いいねえ」という声が上がる。お蓮はその徳利を取ると、みんなに酒を注ぐ。

「また見られるのかなあ。ほんとに見事な母子《おやこ》の掛け合いなんだから」

松吉がぽろっと――。

「で、勘定《かんじょう》はだれが払うんでえ」

一同は無言になる。

万造が膝を叩いた。

「仕方ねえ。みんなで物乞いの形《なり》をして行くか」

お染がみんなの姿を見回す。

「物乞いと、たいして変わらないと思うけどねえ……」

「違《ちげ》えねえや」

みんなが笑った。腹を抱えて笑った。

お蓮はこんな人たちの輪の中で、いつまでも笑っていたいと思った。

本所おけら長屋（二十）　その参

とこしえ

一

海辺大工町《うみべだいくちょう》にある聖庵堂《せいあんどう》の医者、お満《まん》は久し振りに、実家である日本橋本町《にほんばしほんちょう》の薬種問屋《やくしゅどんや》、木田屋《きだや》を訪ねた。いつもは勝手口から入るお満だが、今日は店の正面から木田屋に入った。もしかしたら、しばらくこの香りを味わうことができなくなるかもしれないと思ったからだ。お満は店の中に漂《ただよ》う薬の香りが好きだ。

お満が店に入ると、奉公人《ほうこうにん》たちが立ち上がって背筋《せすじ》を正す。

「お嬢様。お帰りなさいませ」

番頭《ばんとう》から手代《てだい》、そして丁稚《でっち》の順で、その言葉を繰り返す。

「やめてちょうだい。私は木田屋を出た者なんですから。ところで、番頭さん。おとっつぁんはいるのかしら」

「旦那《だんな》様なら、奥にいらっしゃいます」

お満が奥の座敷《ざしき》を訪ねると、木田屋の主《あるじ》、宗右衛門《そうえもん》は茶を飲んでいた。宗右衛門は、お満がやってきたことに驚いたようだ。

「珍しいな。お前が私を訪ねてくるとは」

宗右衛門の正面に座ったお満は、部屋の中を見回す。

「なんだか、よその家に来たみたい。私がこの家にいたころ、おとっつぁんと差し向かいで話をしたことなんて、なかったものね」

「お前のせいだ。私に逆らってばかりだったからな」

「そう言えば、医者になりたいと言って、おとっつぁんに頰《ほお》を叩《たた》かれたのは、この部屋だったよね」

宗右衛門は笑いながら茶を啜《すす》った。

「そんなこともあったな。お前は本当に厄介《やっかい》な娘だった。お前の母親が早くに亡くなってから、私はお前のことだけが気がかりでな。何事《なにごと》もなく、それなりのところに嫁に出すことが、私の務《つと》めだと思っていた。それなのに、お前ときたら……」

今度は、お満が笑った。

「ごめんなさい。本当に厄介な娘だったと思ってる……」

「お前との勝負は、私の負けだな」

「何よ、それ」

「医者になりたいなどと戯言《ざれごと》を言って家を飛び出したものの、世間知《せけんし》らず、苦労知らずのお前に務まるはずがないと思っていた。人様《ひとさま》の生き死にに立ち会うなど、耐えられるはずがないとな。半月もすれば逃げ帰ってくると高《たか》を括《くく》っておった。志《こころざし》だけで夢が叶《かな》うほど、世の中は甘くない。だが、お前はやり抜きおった。木田屋の看板も使わずにな。聖庵先生も、お満はもう一人前の医者だと言ってくださった……」

　宗右衛門は自分の言葉に頷《うなず》いた。

「私の負けだ。父と娘としてではなく、一人の人として、お前に負けた」

「おとっつぁん……」

　お満は、ぐっとくるものを堪《こら》える。

「だがな、お満。父親としてこれだけは言っておく。お前一人の力でできたことではないぞ。聖庵先生、そして……、おけら長屋の人たちがいなければ、今のお前はない。それを忘れてはいかんぞ」

お満は目許《めもと》をおさえながら――。

「おとっつぁんのことだって忘れてないよ。いつも陰《かげ》から見守ってくれていたもん」

照れ臭《くさ》くなったのか、宗右衛門は話を変える。

「ところで、改まって話でもあるのか？」

お満は小さく頷いた。

「そ、そうか。いよいよか。私は反対などせんぞ。そりゃ、もっとまともな男に嫁《とつ》がせたいとは思う。だがな、お前を女房《にょうぼう》として扱える男など、そうそういるものではない。まあ、元より、お前は反対されたって、自分が惚《ほ》れた男と一緒になるに決まっておるがな……」

お満は小さな溜息《ためいき》をつく。

「何を言ってるのよ。勝手に話を作らないでよね。じつは、長崎《ながさき》に留学する話があってね」

宗右衛門は拍子抜けしたような表情《かお》になる。

「な、長崎……」

「そう。御上《おかみ》が長崎に西洋の医者から医学を学ばせる学校を作って、見込みのある若い医者を選んで留学させると決めたの。聖庵先生が、私を推薦してくれた。費用は御上が負担してくれるから、志を持った若い医者には、またとない機会だわ。まだ、決まったわけじゃないけど……」

　宗右衛門は突然の話に動揺する。

「だ、だが、お前は女ではないか」

「私もそう言ったわ。聖庵先生いわく、そんなことを言っているから、この国の医術は後《おく》れをとるんだって。身分も、男か女かも問わないそうよ」

「しかし、長崎と言えばこの国の西の果てだ。そんな遠いところに、お前を一人で行かすのは……。どれくらいだ。半年か、一年か？」

「短くても三年……」

「さ、三年もか……」

「まだ、行くって決めたわけじゃないから。どうしたらいいのか、わからないの。でも、医者としての自分を少しでも高めたい。私が選んだ道なんだから」

お満は心持ち顔を伏《ふ》せた。

「でも、不安もたくさんある。秀《すぐ》れた若い医者が集まってくる中で、私がついていけるのか。それに、おとっつぁんも、もう歳《とし》だし。もしものことがあったらと思うと……」

「馬鹿《ばか》を言うな。まだまだ五年、十年は死にゃせんわ」

「そう言っていた増田屋《ますだや》さんのご主人は、その夜に、ころっと死んじゃったのよ」

「縁起《えんぎ》でもないことを言うな」

「でも……」

「お満。お前は長崎に行くことを、私に相談しに来たのか」

「だって、おとっつぁんの許しを得なければ……」

「馬鹿者〜」

宗右衛門の大声に、お満の身体《からだ》が少し飛び上がった。

「お前は私の許しを得ないで、木田屋を出ていった者ではないのか。今さら殊《しゅ》勝《しょう》なことを言うな。と、怒鳴《どな》ってはみたものの、そう言われれば悪い気はせんな……」

　お満の身体から力が抜ける。

「び、びっくりさせないでよね」

「すべては、お前が決めることだ。お前のやることには口出ししないと、とうに決めておるわ。好きにするがいい。私はお前を信じている」

　お満は溜息をついた。

「どうした」

「人って不思議なものだと思って。反対されて〝お前にできるわけがない〟なんて言われると、意地でもやってやるって思うんだけど、〝お前を信じている〟なんて言われると、躊躇《ためら》ってしまう。どうしてなんだろうね」

「それなら、言ってやろう」

　宗右衛門は小さな咳払《せきばら》いをしてから――。

「馬鹿を言うな。お前が秀れた医者だと～。自惚《うぬぼ》れるんじゃない。この国は広い。その中から選ばれた才ある医者が集まってくると言ったな。お前などが通用するわけがない。泣いて帰ってくるのが目に見えるようだわ」

宗右衛門は、お満の言葉を待って茶を啜る。

「その通りなのよねえ……」

「ぷわ〜」

宗右衛門は茶を噴き出した。

「怒るんじゃなかったのか」

「だって、おとっつぁんの言う通りだから。考えてみたら、聖庵先生が推薦してくれたものの、試験はこれからだし、合格する前にこんな話をしても仕方ないわね。おとっつぁん、また来るわね」

お満は立ちあがる。

「お、おい。お前は一体、何をしに来たんだ」

「ふふ。おとっつぁんの顔が見たくなっただけよ」

宗右衛門は奉公人には見せられない、だらしない表情《かお》をした。


酒場《さかば》三祐《さんゆう》に集まっているのは、松吉《まつきち》、お染《そめ》、島田鉄斎《しまだてつさい》。そして、近くに立っているのはお栄《えい》だ。松吉は正座をして咳払いをする。

「えへん。みなさんに集まっていただいたのは他でもありません」

お染、鉄斎、お栄は神妙な表情をしている。

「この席を設《もう》けたのは何を隠《かく》そう、お染さんであります。それでは、お染さんからみなさんに事《こと》の次第を話していただきます。お染さん、どうぞ」

お染はみんなの顔を見回した。

「みなさん。お満さんに長崎留学の話があることをご存知でしょうか」

松吉は頷く。

「お律義姉《りつねえ》ちゃんから聞いています」

お栄は一歩前に出た。

「あたしも、お律義姉さんから聞いています。聖庵先生が推薦して、次の試験に合格すれば決定だと。聖庵先生は、間違いなく合格するとおっしゃっていたそうです」

鉄斎は猪口《ちょこ》の酒を呑《の》んだ。

「私も風の噂《うわさ》に聞いている」

お染は頷いた。

「長崎留学の期間は、短くても三年と聞いています。もし、お満先生が長崎に行ってしまったら、万造《まんぞう》さんとお満先生はどうなってしまうのでしょうか？」

お栄が手を挙《あ》げた。

「はい。お栄さん」

「お満先生は、本当に長崎に行くつもりなのでしょうか」

松吉が手を挙げる。

「はい。松吉さん」

「行く気もねえのに、試験を受けるというのもおかしな話じゃねえでしょうか」

お栄が手を挙げた。

「はい。お栄さん」

「お律義姉さんから聞いた話だと、お満先生は悩んでいるようです。長崎は行くだけでもひと月はかかる遠いところです。そんなところで、女のお満先生が一人で三年間も暮らしていけるのでしょうか。お満先生だって不安なはずです。費用はすべて御上が持ってくれるそうです。もし、脱落したらどのようなお咎《とが》めがあるのでしょう。聖庵先生の顔に泥を塗ることにもなります。ですが、一番の不安は……」

お染が手を挙げて――。

「はい。お染さん」

松吉は呆《あき》れる。

「てめえで、てめえを指さなくてもいいじゃねえか、でございます」

「もう、面倒臭《めんどくさ》くなったから、いつも通りに喋《しゃべ》るよ。万造さんとお満さんは一体、どういうことになってるんだい。だれが見たって、好き合ってることは間違いないんだからさ。松吉さん。あんた何か知らないのかい」

松吉は膝《ひざ》を崩した。

「何かって言われてもよ……」

「つまり……、その……。もう、デキてるとか……」

お栄は顔を赤らめる。

「お染さんとは思えない、生々しい言い回しですね」

「ご、ごめんよ。それじゃ……、将来を誓い合ってるとか……。どうなんだい、松吉さん」

「さあ……」

お染は顔をしかめる。

「頼りにならないねえ。万松《まんまつ》って言われる二人じゃないか」

「色恋のことは不得手《ふえて》なんでえ。博打《ばくち》とか、女郎買《じよろうが》いのことなら何でも知ってるんだけどよ……。い、痛《いて》え」

お栄にお盆《ぼん》で頭を叩《はた》かれた松吉は、首をすくめた。お栄はお盆を胸に抱く。

「あの二人はね、心のつながりが強すぎで、肝心《かんじん》なことは何も話し合っていないし、確かめ合ってもいない。それができない二人なのよねえ」

お染は溜息をつく。

「厄介な二人だねえ」

今まで聞き役に回っていた鉄斎が――。

「だが、医者としてのお満さんのことを考えたら、長崎に行くべきなのだろうな」

お染は鉄斎に酒を注《つ》ぐ。

「そうですかねえ。あたしは今のままでいいと思いますよ。お満さんだって、医者として立派にやってるじゃありませんか。あの二人にとって三年というのは長すぎます」

お栄は座敷の隅《すみ》に腰を下ろす。

「あたしもそう思う。三年の間には何が起こるかわからないよ。二人の気持ちが確かなら三年なんて、って思うかもしれない。でも、長いよ、三年って。言葉で言うほど容易《たやす》いことじゃないと思う……」

鉄斎はゆっくりと酒を呑んだ。

「丸く収める手立てがひとつだけある」

鉄斎は、猪口の酒を呑みほすと――。

「万造さんも長崎に行けばいい」

お染、お栄は顔を見合わせた。松吉は黙って酒をあおる。

「どうかな。名案だろう」

「な、なるほどねえ……。でも旦那、お店《たな》はどうするんです」

「辞《や》めるしかないだろうが、万造さんなら長崎に行っても、いくらだって仕事は見つかる。そうだろう、松吉さん」

松吉は、何か考えていたようだが――。

「そのとおりでえ。それに米屋なんざ、辞めりゃいい。どうせ仕事なんざ、まともにやってねえんだから、いつ暇《ひま》を出されたっておかしかねえ。その前《めえ》に辞めちまった方がすっきりすらあ」

お栄の表情《かお》は曇る。

「お店なんてどうでもいいわよ。お金よ、お金。長崎に行くには、どれくらいのお金が要《い》るのかしら。ひと月でしょう。十両《りよう》……、いや、二十両……。そんなお金をどうやって用意するのよ」

お染の表情に、光が射《さ》す。

「そ、そうだ。木田屋の旦那に頼むっていうのはどうかしらね。宗右衛門さんだって、万造さんがいてくれた方が安心するでしょう。目の中に入れても痛くない娘なんだからね。それに、宗右衛門さんにとっては、二十両や三十両なんて、あたしたちにとっての二文《もん》、三文ってとこでしょうよ」

松吉は唸《うな》る。

「うーん。万ちゃんは意地でも受け取らねえだろうな。お満先生は金のあり余る木田屋を飛び出して、金のあり余らねえ聖庵堂で修業《しゅぎょう》をしてここまできたんでえ。万ちゃんが木田屋から金を出してもらったんじゃ、お満先生の頑張りにケチをつけることにならあ」

鉄斎は松吉に酒を注ぐ。

「私もそう思う。万造さんは受けとらんだろう」

「それにつけても金のほしさよ……って、やつだねえ」

お染は溜息をついた。

二

万造は木挽町《こびきちょう》にある料理屋、さくら屋に顔を出した。女将《おかみ》のお悠《ゆう》は万造の顔を見ると、馴染《なじ》み客が来たかのように微笑《ほほえ》む。

「おや、万造さん。来てくれたのかい」

万造ははじめて来たときと同じ席に腰を下ろした。

「ああ。必ず来ると言ったじゃねえか」

「そんなことを言って、来ない人がほとんどだからさ。煮込み豆腐かい」

「わかってるじゃねえか。それと……」

「酒だってんだろ。あいよ」

お悠は厨《くりや》に消えていった。

万造とお悠は母子《おやこ》だ。お悠は、まだ二歳になる前の万造を、何者かにかどわかされた。そして、万造をかどわかした女は、万造を下谷山崎町《したややまざきちょう》にある長屋の井《い》戸端《どばた》に捨てた。

それから二十五年――。二人はめぐり会うことができた。お互いが母子だと知っているものの、母子と名乗り合ってはいない。照れ臭いのか、お互いの二十五年には触《ふ》れない方が粋《いき》だと思っているのか、こんな関わりの方が面白いと感じているのか、万造にもよくわからなかった。

店の女が酒を持ってきた。

「おっ。おれの女房じゃねえか」

「その節はお世話になりました」

女は徳利《とくり》と猪口を置くと、丁寧《ていねい》に頭を下げた。万造が、はじめてさくら屋を訪れたとき、幼い娘を連れて物乞いに来たのが、この女だ。出ていけと怒鳴る客をよそに、万造は自分の妻子だと言って、お悠が席に座らせた。そして、お悠が飯《めし》を食べさせてやったのだ。

「おれの娘は元気かい」

「おかげ様で……」

女は再び頭を下げた。お悠が煮込み豆腐を運んでくる。

「この女《ひと》はお啓《けい》さん。娘さんはお寧《ねい》ちゃんって言うんだよ。覚えてやってちょうだいね……。って、自分の女房と娘の名を知らないほど馬鹿じゃないよね、万造さんは。あははは」

お悠は大声で笑った。お啓は深々と頭を下げると厨に入っていく。

「素性《すじょう》はわかってるのかい」

「だれのさ」

「あの母子に決まってるだろうが」

「素性なんか訊《き》いてどうすんのさ」

「だって、ここに住まわせてるんだろう」

「ああ。そうだよ」

「人別帳《にんべつちょう》に載ってねえ者《もん》を雇《やと》うとお咎めがあるんじゃねえのか」

お悠は心持ち声を落とす。

「木の股《また》から生まれてきたわけじゃないから、どこかで生まれたんだろうよ。あんな暮らしになったのには深い理由《わけ》があったはずだ。お啓さんが自分で話し出すのを待つさ」

「乙《おつ》なことを言うじゃねえか」

万造には、お悠が自分のことになぞらえて言っているのではないかと思えた。

「南町奉行所《みなみまちぶぎょうしょ》には気心が知れてる同心《どうしん》がいるから、何かあったら言ってくれや。力になってくれるに違《ちげ》えねえ」

「そうかい。そのときは頼むよ」

お悠は万造の顔を眺《なが》める。

「あんた、独《ひと》り者《もん》なのかい。あっ、この前、一緒に来た若い娘さんが女房なのかい。やるじゃないか」

万造は酒を噴き出した。

「じょ、冗談じゃねえ。あんな小便臭《しょうべんくせ》え小娘が女房なわけねえだろう」

「お似合いだったけどねえ」

「一人を女房にしたら、他の女が泣くからよ。粋な男は辛《つれ》えのよ」

「強がりにしか聞こえないけどねえ。所帯《しょたい》を持ってもいいって女《ひと》ができたら、連れておいでよ。あたしが品定めをしてやるからさ」

「ああ。そのときはよろしく頼まあ」

万造はそう言って、酒を呑みほした。


酒場三祐で、松吉、お染、鉄斎が呑んでいると、店に入ってきたのは八五郎《はちごろう》だ。八五郎は座敷に腰を下ろすと、あたりを見回す。

「万造はいねえのか」

松吉は、お栄が投げた猪口を受け取り八五郎の前に置くと、酒を注いだ。

「なんでえ、万ちゃんに話があるのかよ」

「いや、その逆でえ。いたら困るから訊いてるんでえ」

八五郎は鉄斎に、にじり寄る。

「旦那。今日の昼に誠剣塾《せいけんじゆく》の門下生《もんかせい》……、な、なんてったかな。い、い……」

「井上《いのうえ》かな」

「その、井上さんに普請場《ふしんば》の近くで、ばったり会ったんでさあ。井上さんから聞きましたぜ。今度、剣術の大会が開かれるそうじゃねえですか」

「そのようだな」

鉄斎は自分には関わりのない様子だ。

「旦那。落ち着いてる場合じゃねえでしょうよ」

お染が割り込む。

「八五郎さん。どういうことなんだい。あたしたちにもわかるように話しておくれよ」

松吉は促《うなが》すようにして、八五郎に酒を注ぐ。八五郎はその酒には口をつけずに――。

「井上さんから聞いた話によると、何とか様って偉《えれ》えお方……。確か老人とか言ってたな……」

「老中《ろうじゅう》じゃないのかい」

「そ、それだ。その老中が大の剣術好きで、剣術大会を開くそうでえ。江戸にある道場から一人ずつ出して戦わせるらしい。その大会で一位の剣客《けんかく》となりゃ、道場の名も揚《あ》がるってもんよ」

松吉は鼻で笑う。

「旦那にとっちゃ、どうでもいい話なんだよ。旦那はそんなことのために剣術をやってるんじゃねえや。ねえ、お染さん」

「あたしもそう思うよ。ねえ、お栄ちゃん」

「だれもが知るところよねえ」

八五郎は猪口を叩きつけるように置く。

「おれにだって、そんなこたあわかってらあ。おれが言いてえのはよ、その大会で一位になると、十両って賞金がもらえるってことでえ」

「じゅ、十両……」

松吉、お染、お栄の三人は同時に大声を上げた。

「そうでえ。万造を長崎へ行かすのに金が要るんじゃねえのか。お里《さと》が言ってたぜ」

松吉、お染、お栄は同時に大きく頷いた。八五郎は続ける。

「江戸中の剣術道場が躍起《やっき》になってるそうでえ。てめえの道場から一位になる剣客が出りゃ、入門する者《もん》も増えるからよ。だが、道場に通っている浪人《ろうにん》たちの思いはそんなもんじゃねえ。一位になりゃ、必ず仕官《しかん》の声がかかるはずだってんで、自分を推挙してくれって大変《てえへん》な騒ぎになってるってわけよ」

八五郎は酒で喉《のど》を湿《しめ》らす。

「井上さんをはじめ、誠剣塾の門下生たちは、鉄斎の旦那が剣術大会に出てくれりゃ、間違《まちげ》えなく一位になって誠剣塾の名も揚がると言ってる。だけど、旦那は……」

お染が八五郎に酒を注ぐ。

「旦那は断るに決まってるよねえ。強さを見せつけることにも、仕官にも、十両の金だって、どうだっていい人なんだからさ」

八五郎は前に乗り出す。

「だがよ。今のおれたちにとっちゃ、喉から手が出るほどほしい十両だぜ」

お栄も割り込んでくる。

「そうですよ。長崎まで行くのに十両じゃ足りないかもしれないけど、万造さんなら何とかなるでしょう」

お染もまんざらではない様子だ。

「そうだねえ。万造さんならお寺の縁の下でだって、塀《へい》の上でだって寝られるからねえ」

「わははは。万造は野良猫《のらねこ》じゃねえや」

「でも、行かせてやりたいじゃないか。万造さんを長崎に……」

八五郎が鉄斎に向かって両手をついた。

「旦那。剣術大会に出てくだせえ。松吉、何をぼうっとしてやがる。おめえからもお願《ねげ》えしねえか」

松吉も両手をつく。

「万ちゃんとお満さんを三年もの間、離れ離れにするのは忍びねえ。旦那だったら剣術大会で一位になるなんざ、ちょろいもんでしょう」

お染も両手をつく。

「そうですよ、旦那。万造さんとお満さんのためにも、ここは折れてくださいよ」

お栄も両手をつく。

「島田さん。あたしからもお願いします。熱い徳利を三本つけますから」

鉄斎は困惑する。

「ちょっと待ってくれ。私が勝てるとは限らんぞ。それにもし、十両の金を手に入れたとしても、万造さんは受け取るかな」

八五郎は顔を上げる。

「そんなこたあ、あとで考《かんげ》えればいいじゃねえですかい」

「おいおい。まだ剣術大会で一位になったわけでもないし、お満さんが長崎に行くと決まったわけでもないだろう」

「ですがね、旦那。いざってときに金がねえんじゃ話にならねえ。そうだろう、松吉」

「三年に一度くれえ、いい話をする八五郎さんだが、今日がその日だったとはなあ。八五郎さんの言う通りでえ。仮に十両って金が余ったとしても、金なんてもんは邪魔になるもんじゃねえ。そんときは、吉原《なか》で、ぱーっとやりましょうや……。い、痛《いて》え……」

お栄にお盆で頭を叩かれた松吉は、顔をしかめる。

「しかしなあ……」

腕組みをした鉄斎に、四人は再び、両手をついた。


誠剣塾に鉄斎を訪ねてきたのは、浪人とおぼしき男だ。

門下生に案内されてきたその男は、奥の座敷で茶を飲んでいた鉄斎の前に座った。粗末な着物と袴《はかま》だが、きっちりと折り目がついており、その姿は凛《りん》としている。

「三沢重秋《みさわしげあき》と申します」

真っ直ぐに伸びた背筋や、歯切れのよい言葉から実直な人物であることが伺える。

「島田鉄斎です。私にどのような御用で……」

門下生が茶を運んできた。

「拙者《せっしゃ》は浪々《ろうろう》の身でありながら、四谷《よつや》にある菅沼《すがぬま》道場で師範代《しはんだい》を務めさせていただいております。この度《たび》、菅沼道場の推薦を受けまして、御老中白井《しらい》様が開催する剣術大会に出ることになりました」

鉄斎はゆっくりと茶を啜りながら話を聞いている。

「島田殿もこの大会にお出になるとか……」

「そのつもりですが、それが何か……」

三沢重秋は勧められた茶に手をつけようとしない。

「風の噂に聞いたことですが、この江戸で誠剣塾の島田鉄斎殿に勝てる者は、まずいないと……」

鉄斎は湯飲み茶碗《ちゃわん》を置いた。

「だれがそのようなことを申しているのか知りませんが、噂などというものは当てにはならないものです。江戸には剣客がたくさんいるのですから」

三沢は小さく頷いた。

「それだけではありません。剣のみではなく、人格者でもあると。噂は当てにならないと申されましたが、この噂は当たっていると納得いたしました」

鉄斎は苦笑《にがわら》いを浮かべる。

「それなら、そういうことにしておきましょう。ところで、私に何か御用があるのではありませんか。まさか、そのような話をしに来たわけではないと思いますが」

「じつは……」

凜としていた三沢が、躊躇うような表情《かお》を見せた。

「何を申しても、島田殿には見透《みす》かされそうなので正直に申します。拙者はこの大会にすべてを賭《か》けております。腕には多少の自信があるのですが、某高名《さる》な剣客から、島田鉄斎殿に勝つのは無理だろうと言われました」

鉄斎の口元から笑いが洩《も》れる。

「高名と言われるわりには、いい加減なことをおっしゃられる方ですなあ。勝負は時の運です。勝ち負けなどはだれにもわからないものでしょう」

三沢は茶に手を伸ばした。

「浪人暮らしを続けていると、心まで卑《いや》しくなってくるのでしょうか。何としても一位になりたい。ですが、島田殿には勝てないなどと言われると、島田殿のことが気になって仕方ありません。誠剣塾に行き、道場の格子《こうし》越《ご》しにでも島田殿の稽古《けいこ》を見ることはできないものかと。卑劣《ひれつ》だとは思いましたが、気づいたときには、足が勝手に誠剣塾へと進んでおりました。お恥ずかしい限りです」

三沢は冷めかけた茶を啜った。

「それで、私の稽古は見ることができたのでしょうか」

「残念ながら……。落ち着いて考えてみますと、己《おのれ》の卑劣な行いに嫌気《いやけ》がさしまして。ですがせっかくここまで来たのですから、島田殿にお会いしてみたいと思い、ご迷惑は承知の上で声をかけさせていただきました」

「正直な方ですね、三沢さんは」

「とんでもない。正直の上に〝馬鹿〟がつくと言われることはありますが」

鉄斎が笑うと、三沢も笑った。

「ところで、三沢さん。腹は減っていませんか。この近くに美味《うま》い蕎麦《そば》を食べさせる店があるのです。ご一緒にいかがですか。少々の酒と蕎麦くらいなら馳走《ちそう》することができます」

三沢は目を輝かせた。剣術大会のことを忘れるほど、島田鉄斎という人物に惹《ひ》きつけられていた。

「ぜひ、お願いいたします」

二人は先を争うように立ち上がった。

三

酒場三祐の座敷では宴席の用意が整っていた。八五郎はその膳《ぜん》を眺める。

「ささやかな料理とは聞いていたが、ささやかすぎねえか」

松吉も膳を眺める。

「料理ってえのは、刺身《さしみ》とか、焼きものとか、煮つけとかのことを言うんじゃねえのか。沢庵《たくわん》とメザシと豆腐しかねえが、どれが料理なんでえ。ま、酒はお店から、たんまりくすねてきたけどよ」

お染は笑う。

「贅沢《ぜいたく》を言うんじゃないよ。メザシだって立派な尾頭《おかしら》付きじゃないか。お栄ちゃん。お湯は沸《わ》いてるんだろうね。すぐに熱い酒を出せるようにしないと」

厨からは「合点《がってん》でえ」という、お栄のおどけた声が聞こえる。

今日は剣術大会の一位が決まる日だ。昨日は午前と午後に分けて、一回戦と二回戦が行われ、もちろん、鉄斎は勝ち残っている。今日は勝ち進んだ十六人の剣客が勝ち抜き戦を行い、八人、四人、二人と絞られ、四回勝てば一位となる。

松吉、八五郎、お染の三人は席に着いた。八五郎は手で膝を小刻《こきざ》みに叩く。

「間《ま》が持たねえから、ちょいと呑んじまおうか」

猪口に伸ばしかけた八五郎の手を、松吉が箸《はし》で打ちつける。

「い、痛《いて》え。一杯《いっぺえ》くれえいいじゃねえか」

「木刀とはいえ、当たり所が悪けりゃ死んじまうんでえ。鉄斎の旦那は命懸けで戦って、十両って大金を持ってきてくれるんだぜ。先に呑めるわけがねえだろう」

厨からお栄が顔を出す。

「ここに置いておいた徳利のお酒が半分なくなってるんだけど……」

八五郎とお染は松吉を睨《にら》みつける。

「ネ、ネズミの仕業《しわざ》じゃねえのか」

「八岐大蛇《やまたのおろち》じゃないんだよ。ネズミが酒なんか呑むわけないだろう」

「ふざけるねえ。偉そうなことを言いやがって」

松吉は暖簾《のれん》に目をやる。

「それにしても遅《おせ》えなあ。旦那……」

「ごまかすんじゃねえ」

そんなやりとりをよそに、お染はメザシを指先で突《つつ》く。

「剣術大会は八ツ半（午後三時）には終わるって話だろう。もう帰ってきてもいいころだけどねえ。メザシも硬くなっちまったよ」

松吉はメザシを持って皿を叩いた。

「いい音がすらあ、硬くなったメザシはずっと嚙《か》んでいられるから、乙な肴《さかな》だぜ。堪《こた》えられねえや」

「し、島田さん……」

お栄の声に、松吉、お染、八五郎の三人は立ち上がる。

「旦那。お待ちしておりました」

「さあ、こちらの席にどうぞ」

「お栄ちゃん。熱いのをお願いね〜」

鉄斎はいつもの席に腰を下ろした。松吉、お染、八五郎は鉄斎に向かって正座をする。そこに徳利を持ってきたお栄も加わった。四人は同時に頭を下げる。

「旦那。ご苦労様でした」

お染が鉄斎の猪口に酒を注ぐ。松吉たちも酒を注ぎ合った。八五郎は猪口を上げる。

「旦那。おめでとうごぜえやす」

松吉、お染、お栄も猪口を上げるが、鉄斎は両手を膝に置いた。

「すまん。負けてしまった……」

鉄斎は頭を下げた。四人は猪口を上げたまま固まる。

「ま、負けたって、そりゃ、どういうことですかい」

「旦那が勝って、相手が負けたんですよね」

「旦那〜。十両はどうなったんですか」

「せ、せめて、この料理の分のお金はいただきたいんですけど……」

鉄斎はもう一度、頭を下げた。

「すまん。最後の決定戦で負けてしまった。勘弁してくれ」

四人は猪口の酒をあおると、一斉に膝を崩した。お染は溜息まじりに――。

「そりゃ、旦那だって負けることはありますよ。それじゃ、これから残念会と洒落《しゃれ》こもうじゃないか」

八五郎は腕捲《うでまく》りをする。

「よーし。それなら二位のお祝いでえ。今日はとことん呑もうじゃねえか。お栄ちゃん。猪口を茶碗に替えてくれ」

「いつもは呑んでねえみてえな言い方をするんじゃねえよ。さあさあ、旦那も呑んでくだせえ。昨日から試合続きだったんで疲れたでしょう」

鉄斎が呑みほした猪口に、松吉が酒を注ぐ。

「しかし、旦那を負かす剣客がいたってえのには驚きだ。一体《いってえ》どこのだれなんですかい」

「四谷の菅沼道場で師範代を務める浪人だ。見事にやられた。気持ちのよい負け方だった」

鉄斎は清々《すがすが》しい表情《かお》を見せた。松吉は、言い訳を一切しない鉄斎が好きだ。

「さーて、それじゃ、酒を呑みながらみんなで考《かんげ》えようじゃねえか。どうやって金を作るかをよ」

八五郎が茶碗を叩きつけるように置いた。

「こうなりゃ、最後の手段だ……」

お染が間髪《かんはつ》を容《い》れずに――。

「博打はやめておくれよ。お糸《いと》ちゃんの祝言《しゅうげん》のときのことを忘れたのかい。借りた金まできれいにスっちまってさ」

八五郎はいきり立つ。

「あれは万松の二人にそそのかされてよ。おれが半だと言ってるのに、万造が丁だって言いやがる。おれが丁だって言うと、松吉が半だって言いやがる」

松吉はメザシを食い千切《ちぎ》る。

「冗談じゃねえや。お里に知られたらどうするんだって、半べそかいたくせによ」

「うるせえ。だいたい今度のことだって、万造がしっかりしねえからいけねえんだ。長崎に行く金くれえ、てめえでこさえろってんだ」

「おれがどうしたって……」

声の方を向くと万造が立っている。

「ま、万造……。おめえ、店の用事で草加《そうか》に行ったんじゃねえのか」

万造は腰を下ろした。

「そんなこたあ、どうだっていい。長崎に行く金ってえのはどういうことでえ。話してもらおうじゃねえか」

お染が小声で——。

「まったく、間の悪いときに帰ってくるもんだねえ。鼻が利《き》くって言えばそれまでなんだけどさ」

お栄はあっけらかんとして——。

「話しちゃいましょうよ、万造さんに。だって、もし島田さんが十両を持ってきていたら、万造さんには話すことになったんだから。隠しておくことじゃないよ。万造さんとお満さんのことを考えてやってることなんだから。心から思ってやってることなんだから」

「お栄ちゃんの言う通りだねえ……」

お染は自分の猪口を万造に渡して酒を注いだ。

「万造さん。お満さんが長崎に留学するかもしれないって話は聞いてるだろ」

万造は何も答えずに、その酒を呑んだ。

「どうするのさ、万造さん。あんたたちが好き合っていることは、みんなが知っている。お満さんと、そのことをちゃんと話し合っているのかい。何も話しちゃいないいんだろう。やきもきさせないでおくれよ」

万造は黙ったままだ。

「旦那は、お満さんの医者としての将来を考えたら、長崎に行くべきだって言う。あたしとお栄ちゃんは、長崎なんか行かなくていいって思ってる。聞けば三年間っていうじゃないか」

お栄は頷く。

「万造さん。三年は長いよ。それに長崎は西の果てだよ。そんなところに一人で行くなんて、お満さんはどんなに心細いか。まして、惚れた男《ひと》と離れて……」

「だったら、万造さんも長崎に行けばいいって、鉄斎の旦那が言い出してね。でも、それには金が要るだろう。木田屋の旦那に出してもらったんじゃ、万造さんの男が立たないって言うからさ。あたしたちが何とかしようって……」

万造の頭の中で何かがつながったようだ。

「それで、旦那が剣術大会に出ることになったのか……。おかしいと思ったぜ。旦那がそんな野暮《やぼ》な大会に出るわけがねえからな。まったく揃《そろ》いも揃って、お節《せっ》介《かい》なことだぜ」

「島田殿」

浪人風の男が立っていた。驚いたのは鉄斎だ。

「み、三沢殿……。一体、どうされたのですか」

「宴席の最中に声をかけて申し訳ありません。島田殿に話がありまして……」

気転を利かせたお栄が、奥の席に座布団《ざぶとん》を敷いた。

「どうぞ、こちらにお上がりください」

「申し訳ござらぬ」

三沢重秋は鉄斎の返事を聞かずに、座敷に上がるとそこに正座をした。鉄斎は立ち上がると、三沢の正面に腰を下ろした。

「誠剣塾にお伺いしたところ、島田殿は三祐という居酒屋にいるのではないかと教えていただきました。さっそくですが、これはお返しいたします」

三沢は懐《ふところ》から紙包みを取り出すと、鉄斎の前に置いた。

「これは何でしょう」

「剣術大会で頂戴した十両です」

万造たちは黙って成り行きを見守っている。

「三沢殿は今、お返しするとおっしゃいましたが、この十両は三沢殿のものではありませんか。私には関わりのないものです」

「先日、川浪《かわなみ》という男が、誠剣塾に島田殿を訪ねたそうですね」

鉄斎は心の中で〝やはり〟と呟《つぶや》いた。

「確かに。それが何か……」

「川浪は島田殿にこう言ったはずです」

三沢は小さな溜息をついた。

五日前のこと——。

誠剣塾に鉄斎を訪ねてきた男は、三沢重秋と同じ菅沼道場に通う川浪恭平《きょうへい》と名乗った。川浪は鉄斎の前で正座をすると、いきなり両手をついた。

「無礼は承知の上でお願いを申し上げます。剣術大会で三沢重秋に負けていただきたいのです」

鉄斎は驚きもせず——。

「手を上げてください。このことは、三沢殿も……」

川浪は顔を上げた。

「三沢はそんな男ではありません。拙者が勝手にお願いをしていることです」

門下生が茶を運んできたので、鉄斎は川浪に茶を勧めた。

「申し訳ありませんが、それはできません。三沢殿を愚弄《ぐろう》することになります。それに、三沢殿が私に負けると決まったわけではないでしょう」

「茶をいただきます」

川浪は湯飲み茶碗に手を伸ばした。

「島田殿は岡部紀右衛門《おかべきえもん》先生をご存知ですか」

鉄斎には懐かしい名前だった。

「岡部先生ですか。岡部先生には剣の手ほどきを受けたことがあります。先生はご健勝《けんしょう》であられるのでしょうか」

「はい。すでに七十を越えておられますが、矍鑠《かくしゃく》とされております。三年ほど前から菅沼道場の顧問《こもん》をされており、道場にも度々、顔を出されます。その岡部先生が……。いただきます」

川浪は茶を啜った。

「三沢は菅沼道場一の剣客です。それは誰しもが認めるところです。先日、三沢の稽古に見入っていた岡部先生が小さな声で呟きました。三沢は島田鉄斎には勝てんと。おそらく、岡部先生はその言葉を発したことに気づいておられないと思います。岡部先生ほどの達人がおっしゃるのですから、三沢は島田殿には勝てないのでしょう。ですが、おそらく他の方々に不覚をとることはないと信じております」

鉄斎はしばらく黙っていたが――。

「三沢殿のためにここまで来られたのですか。三沢殿の友人だからですか。菅沼道場の威信のためですか」

　川浪もしばらく黙っていた。言葉を選んでいるのだろう。

「三沢とは四年ほど前に菅沼道場で知り合いました。歳も近く、お互いが浪々の身ということもあり気が合いました。三沢は仕《つか》えていた藩が改易《かいえき》となり、ご妻女《さいじょ》と娘と三人で江戸に出てきましたが、二年前にご妻女を病《やまい》で亡くしました。通夜《つや》の席で気丈《きじょう》に振る舞う三沢の姿には泣かされました。あれほどご妻女を愛《いと》しく思っていた三沢の胸中を察すると、胸が痛みました。不運は続くもので、もともと身体の弱かった娘さんも床《とこ》に臥《ふ》せることが多くなったのです」

「娘さんはおいくつになられるのでしょうか」

「十一歳かと……。三沢は娘さんの病の様子が、ご妻女と似ていると言うのです。娘もこのまま死んでしまうのではないかと気に病《や》んでおりました。医者に診《み》せたいのは山々ですが、浪人暮らしではそのような金はありません。ですから、三沢は今度の剣術大会に賭けているのです。一位になれれば仕官への道も開けるかもしれません。賞金の十両を手にすることができれば、娘さんを高名な医者に診せることができるかもしれません。こんな話は島田殿にしたくはありませんでした。武士として許されないことです」

川浪の頬に涙が流れた。

「ですが、ですが、拙者にできることは、これしかないのです。こんなことしかできないのです。何卒《なにとぞ》、何卒……」

涙で言葉にならず、川浪は頭を下げて背中を震《ふる》わせた。

「残念ですが、川浪殿のお話を受けることはできません。私はだれが相手でも偽《いつわ》りのない己の剣で戦うつもりです。申し訳ありません」

鉄斎は立ち上がった。


万造たちは、三沢重秋と鉄斎の話に耳を傾けている。座敷に響いているのは三沢と鉄斎の声だけだ。

「川浪恭平のことはお許し願いたい。川浪はいい奴《やつ》です。優しい男です。拙者のことを心から思ってやったことです。申し訳ありませんでした」

三沢は頭を下げた。

「いえ。あれは川浪殿が勝手に話されたことですから。私は何とも思っておりません。三沢殿は何か思い違いをされているようですが、私は正々堂々と戦い、三沢殿に負けたのです。川浪殿の話とは関わりのないことです。この十両は三沢殿のものです」

「嘘《うそ》です」

三沢はきっぱりと言い切った。

「拙者は、誠剣塾に島田殿をお訪ねしたときから、この人には勝てないと悟っておりました。偉《えら》ぶらず、己を大きく見せようとともせず、剣客にありがちな殺気《さっき》もまるで感じられませんでした。それなのに、どこにも隙《すき》がない。まさに、心技《しんぎ》体《たい》のすべてを会得《えとく》された剣豪《けんごう》なのであろうと」

「それは、買い被《かぶ》りというものです」

三沢は、鉄斎の言葉に耳を傾けようともしない。

「拙者も四谷界隈《かいわい》の剣術道場では名の知れた剣客と自負しております。決勝で島田殿と対峙《たいじ》したとき、拙者は嬉しかったのです。それまでは心のどこかに、ここで勝てば仕官の声がかかるかもしれない。娘を医者に診せることができるかもしれないという思いがありました。ですが、一人の剣客として、このような人物と戦うことができる喜びの方が勝《まさ》ったのです。この人物になら負けても悔《く》いはないと……」

お栄が徳利と猪口を運んできた。鉄斎は三沢に酒を勧めた。三沢はその酒を受けた。

「拙者が左に打つと見せかけて、右に打ち込んだとき、島田殿は身体を引かれました。木刀で受け止めるであろうと思っていた拙者の身体は、右に流れてしまった。隙ができてしまったのです。そのとき、島田殿の木刀が動きました。打たれると、拙者は覚悟しました。しかし、島田殿は打ち込んでこなかった……」

鉄斎は手酌《てじゃく》の酒を呑んだ。

「さて、そんなことがありましたかな。覚えておりません」

「その後に、拙者が打ち込んで一本とらせていただきました。腑《ふ》に落ちませんでした。なぜ、あのとき、島田殿は打ち込んでこなかったのだろうと……。謎《なぞ》が解《と》けたのは、試合が終わってからのことでした」

三沢は鉄斎に酒を注いだ。

「川浪が島田殿の後ろ姿《うし》に、深々と頭を下げているのを見たのです。川浪は島田殿とは面識《めんしき》がないはずです。拙者は川浪を問い詰めました。川浪ならやりそうなことだからです。はじめは惚《とぼ》けていた川浪ですが、最後には認めました。島田殿に会いに行ったと……」

三沢は改めて、十両を鉄斎の方に押した。

「拙者も剣客の端《はし》くれ、武士の端くれです。この金は受け取れません」

鉄斎はその十両を押し返す。

「川浪殿が誠剣塾に来て、三沢殿に負けてほしいと申されたのは、その通りです。ですが、私はきっぱりと断りました。私は手を抜いてなどおりません。ですから、この金を受け取ることなど、できるはずもありません」

三沢も十両を押し返す。

「武士の面目《めんぼく》にかけても、受け取っていただきます」

緊迫した場面となった。

「あの〜」

恐る恐る声をかけたのは万造だ。

「お取り込みのところ申し訳ござんせんが、その十両のことなんざ、どうでもいいような気がするんですがね」

松吉が続ける。

「そんなことよりも、娘さんを医者に診せることが先じゃねえんですかい」

万造と松吉は、徳利と猪口を持って、鉄斎と三沢の席にやってきて腰を下ろす。

万造は、三沢に酒を注ぐ。

「それで、三沢さん。娘さんを診せる医者に当てはあるんですかい」

「いや……」

「それなら、あっしたちにお任せくだせえ。この近くの聖庵堂って汚《きたね》え治療院に聖庵っていう、これまた小汚《こぎたね》え医者がいるんで。口は悪いが、腕は天下一品でさあ。ねえ、旦那」

鉄斎は頷く。松吉も三沢に酒を注ぐ。

「なーに。十両ありゃ、一年かかろうが、三年かかろうが、必ず治してくれやすから。いや、五両でも十分でえ。娘さんが元気になったら、残った五両は吉原《なか》でパーッと派手にやりましょうや。い、痛《いて》え……」

お栄が投げた猪口が松吉の頭に当たった。三沢は呆気《あっけ》にとられている。

「島田殿。この者たちは一体……」

鉄斎は笑った。

「私の身内です。もっとも頼りになる私の仲間です。考えてみれば、この二人の言う通りではありませんか。まずは、娘さんを医者に診せることです。三沢殿、この人たちの言葉に甘えてはいかがですかな」

三沢は困惑する。

「しかし、いきなりそのようなことを言われましても……。私は四谷塩町《しおちょう》の長屋で娘と暮らしています。拙者は辞退するつもりですが、仕官の声がかかるかもしれず、明日から、当分の間は、四谷の菅沼道場から離れてはならんと、師に言われています」

徳利と猪口を持ってやってきたのは、お染とお栄だ。

「それなら、娘さんは、おけら長屋で預かることにしましょう」

「おけら長屋……」

「ええ。島田の旦那や、あたしたちが暮らしてる長屋ですよ。ねえ、お栄ちゃん」

「そうですよ。おけら長屋から聖庵堂に通えばいいんです。いつからにしますか。明日からですか。あたしが娘さんを四谷まで迎えに行きますけど」

三沢は驚きを隠せない。

「あ、あなた方は、いきなり何を言い出すのですか。見ず知らずの人たちに娘を預けることなどできません」

鉄斎はまたしても笑う。

「三沢殿は驚かれるかもしれませんが、私たちにとっては、当たり前のことで、驚くようなことではありません。おけら長屋には、女手もあります。安心して娘さんを預けることができますよ。一度、娘さんと話し合ってみてはいかがですか」

三沢は小さく頷いた。

三沢が出ていってから、一同は元の席に戻った。お染は鉄斎に酒を注ぐ。

「旦那～。そういうことだったんですか～。なるほどねえ……。ねえ、みんな～」

松吉はにやける。

「そういうことなら仕方ねえなあ。旦那らしいや」

鉄斎は空惚《そらとぼ》ける。

「何だ。何が言いたいのだ」

お栄も鉄斎に酒を注ぐ。

「島田さんは嘘をつくのが苦手ですからねえ。負けてあげるなら、もっとうまく負けてあげなきゃ。ねえ、万造さん」

「それが旦那のいいところじゃねえか」

鉄斎は、万造に向かって膝を正した。

「万造さん、すまない。万造さんを長崎に行かせてやりたかったのだが……」

万造は真顔《まがお》で、鉄斎を見つめた。

「旦那、何を謝ってるんですかい。旦那がその川浪って人の話を聞いた上で、手抜きをせずに三沢さんに勝っちまったら、あっしは旦那を見損《みそこ》なうところだったんですぜ」

「いや。私は本当に負けたのだ」

万造は笑う。

「もう、そんなこたあ、どうでもいいじゃねえですかい。それより三沢さん、娘をおけら長屋に連れてくるか、連れてこねえか、どっちだろうな」

お染は酒を呑みほした。

「三沢さんにあそこまで言っちまったんだ。もう後には引けないよ。こうなったら何が何でも、三沢さんの娘さんの面倒を見ようじゃないか。旦那！」

鉄斎は、お染の強い口調に驚く。

「ど、どうしたんだ」

「十両を持ってこれなかった罰です。四谷まで行って、三沢さんの娘さんを連れてきてください。わかりましたね」

鉄斎は鼻の頭を掻《か》く。

「仕方ないな……」

万造は笑う。

「旦那。とんだとばっちりじゃねえですか。でも、頼みましたぜ」

八五郎は万造の肩を叩く。

「いいのかい、万造」

「何がでえ」

「せっかく長崎に行く金ができるところだったのによ。残念だったなあ。わははは」

「うるせえ。元より、他人《ひと》の世話になる気なんざねえや」

万造はメザシを食い千切った。

四

お満は、あたりの景色《けしき》に気をとられながら万造の半纏《はんてん》の袖《そで》を引く。

「ねえ。どこに行くのよ」

「今日は聖庵堂で休みをもらったってえから、飯でも食おうかと思ってよ」

お満は外方《そっぽ》を向く。嬉しくてほころんだ表情《かお》を見られたくなかったからだ。

「一緒に何かを食べるなら、両国《りょうごく》か浅草《あさくさ》でいいのに。どこまで行くのよ。だいたい、お金は持ってるんでしょうね」

「うるせえなあ。御託《ごたく》を並べてねえで、黙ってついてくりゃいいんでえ」

いつもと様子の違う万造に戸惑《とまど》いながらも、お満の足取りは軽かった。

「あの橋を渡ったところでえ。さくら屋ってんだが、煮込み豆腐が絶品だぜ。ま、煮込み豆腐だけじゃねえけどよ」

「あの、大きな提灯《ちょうちん》があるお店ね」

二人は店に入った。万造はいつもの席に座る。しばらくすると、お悠が出てきた。

「おや、万造さん……。いらっしゃい。今日もお酒と煮込み豆腐でいいのかい。そちらさんはどうします」

「とりあえず、煮込み豆腐でいいや。後で飯を頼むかもしれねえがな。それと、猪口は二つくれや」

「あいよ」

お悠は厨に消えていった。

「感じのいい女《ひと》だね」

「そうかい。そいつぁ、よかった」

「万造さん。常連みたいだけど、こんな店に来てるなんて、ちっとも知らなかったよ」

「まだ、常連になって日が浅《あせ》えけどよ」

お悠が酒を持ってきた。徳利を置きながら、お満の顔をチラチラと見ている。

「お悠さん。こちらは女だてらに医者をやってる、お満さんって言うんでえ」

お満が挨拶《あいさつ》をしようとする、その前に万造が――。

「ここの女将のお悠さん。おれのおっかさんだ」

「そうですか。万造さんのおっかさんですか。満と申します。今後ともよろし……、えっ。ええっ……」

お満は言葉を失う。

「い、今、何て言ったのよ」

「だから、おれのおっかさんだ」

「そ、そんな話、ぜんぜん聞いてないわよ」

「だから今、話してるんじゃねえか。おけら長屋のみんなが捜《さが》してくれたんでえ。女先生には黙っててくれって頼んでたんだ。おれが、おっかさんに女先生を会わせたかったからよ」

お満は焦《あせ》って座り直した。

「海辺大工町にある聖庵堂という治療院で医者をしている、満と申します」

お悠は微笑む。

「お満さん……。そうですか。あたしは、悠と言います。確かに万造さんのおっかさんなんですけど、長いこと会ってなかったからねえ、万造さん、お悠さんと呼び合ってます。その方が、お互いに気が楽ですから」

お満は何も答えられない。

「そんなに硬くならなくてもいいんだぜ」

「だって、いきなりだったから」

「女先生をここに連れてきたのには、他にもわけがあるんでえ。この前《めえ》来たとき、お悠さんに言われたんだ。所帯《しょてえ》を持ってもいいって女《ひと》ができたら、連れておいでよ。あたしが品定めをしてやるからって」

万造はお悠に――。

「この女先生と所帯を持とうと思うんだが、どうでえ、お悠さん。ちょいと、品定めをしちゃあくれねえか」

「そうだねえ……」

お悠は、お満を見つめる。

「気が強くて、意地っ張りのようだね」

「よっ。さすがだねえ。ドンピシャってやつだぜ」

「でも、心根《こころね》は優しい娘さんだ。目を見ればわかる。澄んだ目をしてるから。万造さんにはもったいない女だよ」

「そうか。もったいねえか。やっぱりなあ……。わははは。おっかさんのお墨付きがいただけたんなら、おれも安心だぜ」

「あははは。大切にするんだよ。見せかけなんかじゃなく、心の底から大切にするんだよ」

お悠が厨に消えるのと入れ違うようにして、お啓が煮込み豆腐を持ってきた。

「お待たせしました」

「よう、お啓さん。その恰好《かっこう》も板についてきたじゃねえか。お寧ちゃんは元気かい」

「おかげ様で……」

お啓はいつものように、深々と頭を下げる。

万造は煮込み豆腐を食べ、酒を呑む。

「あふあふあふ……。何でえ。食べねえのかよ」

見ると、お満の頬には涙が伝っている。

「ど、どうしたんでえ」

「だって、いきなりあんなことを言い出すんだもん。胸が一杯で食べられないよ」

万造は箸を置いた。

「驚かせて悪かったな。まず、おっかさんに女先生を会わせたくてな。長え間《なげ》、会ってなくても、おっかさんはおっかさんだからよ。そんなわけだから……」

万造は箸の先で豆腐を切りながら――。

「おれの女房になっちゃくれねえか……」

しばらくの間をおいて、お満は泣きながら吹き出した。

「もう……。まるで女心がわかってないんだから。ここで言う台詞《せりふ》じゃないでしょう。大川《おおかわ》（隅田川《すみだがわ》）に沈む夕陽《ゆうひ》を眺めながらとかさあ。今、前にあるのは煮込み豆腐と徳利だけじゃないの。でも……」

「でも、どうしたんでえ」

「嬉しかった。それに、万造さんの優しさは伝わってきたよ。おっかさんと私、二人とも大切だって思ってくれたんだよね。だから、私をここに連れてきたんだよね」

お満は涙を拭《ぬぐ》った。

「私はそんな万造さんが、す……」

万造は煮込み豆腐が喉で引っかかったらしく、あまりの熱さに吐き出す。

「ぐぐわ、ぶわぁ〜」

「き、汚いわねえ。きゃ〜。こっちまで豆腐のカスが飛んできたじゃないの」

お悠が走ってきて、手拭いを二人に渡す。

「大丈夫かい。これで拭《ふ》きなさい」

お満は手拭いで着物を拭き、万造は口元を拭く。

「お悠さん。やっぱりやめます、こんな人の女房になるのは」

「許してやっておくれよ。万造さんに渡したのは、手拭いじゃなくて、厠《かわや》の掃除《そうじ》で使う雑巾《ぞうきん》だからさ」

万造はそのまま後ろに倒れた。


さくら屋を出た万造とお満は、連れ立って歩く。来たときと同じ道を歩く二人だが、違っているのは、万造の半纏の袖がお満に触れていることだ。

「びっくりした。でも、よかった。万造さんがおっかさんに会えて……」

「ああ。考《かんげ》えてみりゃ、お悠さんの方がよっぽど辛《つれ》え思いをしてたんでえ。二歳になる前《めえ》のおれをかどわかされて、行方《ゆくえ》がわからなくなっちまったんだからよ」

二人は本八町堀《ほんはっちょうぼり》を通って高橋《たかばし》を渡る。

「万造さんをかどわかした、千尋《ちひろ》さんって女《ひと》も辛かったでしょうね」

「だが、おれとお悠さんが、こうして会えたんだから、みんなが救われたってことでえ。千尋さんもあの世で胸を撫《な》で下ろしてるだろうよ。長《なげ》えことかかっちまったが、最後が丸く収まりゃそれでいいじゃねえか」

お満は立ち止まって万造の顔を見る。

「嬉しそうだったよ。お悠さんと話してるときの万造さん」

万造は照れ臭いのか、小さく頷いただけだ。

「私に、長崎留学の話があることは知ってるでしょう」

「ああ。風の噂にな」

「もうすぐ、試験に受かったかどうかわかるの。でも……」

お満は声を落とした。

「落ちればいいと思ってる……」

お満は歩き出した。前方には永代橋《えいたいばし》が見えてくる。

「どうしてでえ。せっかくの機会じゃねえか。聖庵先生みてえな医者になりてえんだろう。そのために木田屋を飛び出したんじゃねえのか」

黄昏《たそがれ》どきの風が、お満の頬を撫でる。

「だって……。不安なことだらけなんだもん。長崎留学に選ばれたとしても、秀れた医者ばかりが集まってくるのよ。私についていくことができるのかしら。それに、右も左もわからない長崎でたった一人。辛くたって、聖庵堂から木田屋に帰るようなわけにはいかない。長崎から江戸に帰るには、ひと月もかかるのよ。道中だって何が起こるかわからない。でも、そんなことよりも……」

お満は永代橋の真ん中で足を止めた。

「私たち、三年も離れ離れになっちゃうのよ……」

「そんなこたあ、長崎留学に選ばれてから考《かんげ》えればいいじゃねえか。落ちてりゃ、それまでなんだからよ」

「そりゃ、そうだけど……」

お満は大川のゆったりとした流れを眺める。

「万造さん。はじめて会ったときのことを覚えてる？」

「さあ、いつだったっけかなあ」

「行き倒れになった徳兵衛さんの娘さん、お孝《こう》さんを聖庵堂に担《かつ》ぎ込んできたときよ」

「そんなことがあったっけなあ」

「あのころは喧嘩《けんか》ばかりしてたね」

「鼻《はな》っ柱《ぱしら》が強くて、いけ好かねえ女だったからでえ」

お満は、肘《ひじ》で万造の脇腹を突いた。

「でもね、心のどこかで思ってた。私はこの男《ひと》のことを好きになるって。酒は呑むし、博打はやるし、おまけに吉原《なか》通い。馬鹿なことばかりやって……。でも、この男は信じられると思った。すべての人が逃げ出しても、この男だけは、どんなことがあっても私を守ってくれるって。その通りになった。二回も命を助けられたもん。私、万造さんがいなかったら、この世にはいないんだよね」

「二回じゃねえ。一回は、おれが引っ繰り返《けえ》ってから、鉄斎の旦那が助けてくれたんじゃねえか」

お満は笑った。

「そうだったね……。ねえ、万造さん」

お満は西の空を見つめる。

「夕陽がきれいだね……」

「ああ」

お満は万造の半纏の袖を引っ張って揺らす。

「もうっ……。夕陽がきれいだって言ってるでしょう。さっきの話は聞いてなかったの？」

「何だっけ……」

「さくら屋で話したでしょう」

「沈む夕陽を眺めながらってやつか」

「そうよ。だから、もう一度言って」

万造は遠くに沈む夕陽を見つめながら――。

「お満。おれの女房になってくれ」

お満はまた、袖を引っ張る。

「ちゃんと言って。私の目を見て言って……」

万造とお満は見つめ合った。

「お満。おれの女房になってくれ」

お満は万造の胸に飛び込む。

「よせやい。人が見てるじゃねえか」

「そんなこと、気にしないよ」

万造はお満を抱き締めた。

「ねえ。永代橋の永代って〝どこしえ〟って意味なんだよ」

お満はこのままずっと、万造の胸に抱かれていたいと思った。

五

鉄斎に連れられて、おけら長屋に三沢重秋の娘がやってきた。鉄斎はまず、大家《おおや》の徳兵衛《とくべえ》宅に娘を連れていった。そこには徳兵衛とお染がいる。

「徳兵衛さん。三沢殿の娘で美雪《みゆき》さんです。美雪さん。おけら長屋の大家、徳兵衛さんだ」

「三沢美雪です。お世話になります。よろしくお願い申し上げます」

美雪は両手をついて、深々と頭を下げた。十一歳とは思えない、しっかりとした口調だ。徳兵衛は微笑む。

「美雪さん。気遣《きづか》いは無用ですよ。とりあえずは、このお染さんの家で一緒に暮らしてください」

「お染です。今日はゆっくりして、明日、聖庵堂に行くことにしましょうね」

「よろしくお願いいたします」

美雪は色白で、その身は細い。徳兵衛は美雪の様子を見て心配げだ。

「今日は、四谷から歩いてこられたのですか」

「いえ。駕籠《かご》を用意していただきました。ですが、陽《ひ》に当たりたくなり、途中からは歩きました。私がゆっくり歩くので島田先生にご迷惑をおかけしたようです」

「美雪さん。〝先生〟はやめてくれと申したはずですが」

「も、申し訳ありません……」

徳兵衛とお染は笑いを堪えた。

引き戸が少し開いた。

「大家さん。店賃《たなちん》を持ってきました」

顔を覗《のぞ》かせたのは、お梅《うめ》だ。

「お梅ちゃんかい。どうぞ、入ってください」

お梅の後からよちよちと入ってきたのは、亀吉《かめきち》だ。お染の表情《かお》は緩《ゆる》む。

「おや、亀吉も来たのかい」

お梅は中の様子を見て――。

「す、すみません。お客さまでしたら、また後にします」

徳兵衛は、背を向けようとしたお梅を引き止める。

「待ちなさい。いい機会だから紹介しておこう。しばらく、おけら長屋で暮らすことになった美雪さんだ」

美雪は向きを変えて、お梅に挨拶する。

「美雪です。よろしくお願い申し上げます」

「久蔵《きゅうぞう》の女房で、梅です。困ったことがあったら何でも言ってくださいね。私はほとんど、おけら長屋にいますので」

亀吉が美雪を指差して笑う。

「亀吉、美雪さんって言うんだって。美雪ねーね、だねえ」

お梅は亀吉を抱き上げる。

「ねーね、ねーね」

美雪の表情は明るくなる。

「亀吉ちゃんって言うんですか。可愛《かわい》い～」

お染はそんな美雪を見て──。

「美雪さんは子供が好きなんですか」

美雪は表情《かお》を崩したままだ。

「ええ。大好きです。一緒に遊んでもいいですか」

お梅は頷いて、亀吉を下ろした。美雪は土間《どま》に下りて両手を広げる。

「美雪ねーねだよ。亀吉ちゃん。ねーねと遊ぼう」

亀吉は美雪に突進する。美雪は亀吉を抱き上げた。

「かーめちゃん。かーめちゃん」

亀吉は満面の笑《え》みだ。

「ねーね、みーねーね」

徳兵衛は美雪と亀吉を見て目を細める。

「どうやら、亀吉は美雪さんが大好きなようだな」

「八五郎さんを見かけると、泣くか逃げるかのどっちかなんだけどねえ」

お染の言葉にみんなが笑った。


翌日、鉄斎とお染が付き添って、美雪は聖庵堂に行った。美雪はお満が診ることになり、二人は診察部屋に入った。

　鉄斎とお染は、聖庵の前に座った。

「今朝《けさ》、お律さんが持ってきてくれた文面に目を通したが……」

　聖庵は、美雪の母親が二年前に病で亡くなったことを聞き、どのような様子だったのか、三沢重秋から聞き取るよう、鉄斎に頼んでおいたのだ。鉄斎はそれを文《ふみ》にして、お律に渡しておいた。聖庵はその書面に目を落とした。

「あの娘の母親は、亡くなる一年ほど前から、疲れやすく、床につくことが多くなったそうだな」

　鉄斎は頷く。

「微熱があり、動悸《どうき》がして、めまいを起こすこともあったそうです」

　聖庵は小さく唸った。

「気になるのはここだ。よく鼻血を出したとある。その血は色が薄く水っぽかったそうだな。そして、身体が弱り亡くなった……」

「一度、近所の医者に診てもらったところ、身体が弱いのは生まれつきだと言われたそうです。三沢殿は腑に落ちなかった。三沢殿と知り合ったころは元気だったそうですから」

聖庵は腕を組んだ。

「うーん。その一年の間に、母親の身体に何かが起こったのかもしれんな」

お満とお律が戻ってきた。

「娘はどうした」

「はい。少し横になってもらっています」

「それで、お満。お前の診立ては……」

「特に変わったところはないようです。本人も疲れやすいと言っていたので、まず、精をつけることが大切だと思います」

聖庵はお満に書面を渡した。

「お前はこれをどう診る」

「あの……」

声を発したのはお染だ。

「それは、美雪さんの母親のことでしょう。どうして母親にこだわるのですか」

お満が代わりに答える。

「お染さん。美雪さんはその母親から生まれたんです。ですから、母親と同じ病になることは十分にあり得るんです。聖庵先生。やはり、この鼻血が気になります」

お満はその書面を折り畳《たた》んだ。

「お律さん、お染さん、島田さん。美雪さんに、ここに書いてあるような症状が見られたら、すぐに教えてください。とりあえず、今日は滋養《じよう》の薬を出しておきます。おけら長屋ではいつも通りに暮らしていてかまいませんが、無理はさせないように。三日に一度は聖庵堂に連れてきてください。先生、それでよろしいですか」

聖庵は頷く。

「お満。あの娘はお前に任せた」

お満は「はい」と歯切れのよい返事をした。

聖庵堂の小僧が封書を持ってきて聖庵に手渡す。聖庵は封を開いて目を通した。

「お満。お前は長崎留学に選ばれたそうだ」

お染は何と声をかけたらよいのかわからない。素直に〝おめでとう〟という気持ちにはなれなかったからだ。

「長崎に向かうのは、身辺の用意が整った者から随時とある。お満。迷いがあるならば、返事はしばらく棚上げにしてもらえるよう頼んでやろう」

聖庵はお満の様子から〝迷い〟を感じていた。

長崎は遠い。孤独との戦いの場だ。それを誰よりも知っているのは聖庵なのだ。

「行くか行かぬかを決めるのはお前だ。よく考えてから決めることだ」

お満は「はい」と返事をしたが、それは歯切れのよい返事とは言えなかった。

お満が長崎留学に選ばれたことは、木田屋宗右衛門の耳にも届いた。

「旦那様、お呼びでございますか……。あっ、そうだ。おめでとうございます」

やってきた三番番頭の善助《ぜんすけ》は大袈裟《おおげさ》に両手をついた。

「何がめでたいのだ」

善助は手のひらを擦《す》り合わせる。

「お満お嬢様が長崎留学の医者に選ばれたそうで……」

「そんな話をどこで聞いたのだ」

「どこでって、うちはあちこちの医者に薬を卸《おろ》しているんですよ。昨日からこの話で持ち切りですから。横山町《よこやまちょう》の竹之内《たけのうち》先生のご子息は落ちたそうで、恥をかかせたと早々に勘当《かんどう》されたそうです。ところで、何か御用で……」

宗右衛門は茶を啜る。

「うむ。その長崎だがな。いよいよ御上も本腰を入れて、西洋の医学を奨励することになったということだ。な、そうだな」

「さようでございますな」

「長崎には、西洋から新しい薬が入ってくる。うちは清国《しんこく》の薬は扱ってきたが、西洋のものはあまり扱ってこなかった。しかし時代は変わった。御上は西洋の医学を採《と》り入れるのだから、木田屋もその流れに乗らねばならん。な、そうだろう」

「は、はあ」

善助は、怪訝《けげん》な表情《かお》をする。

「そこで、だ」

宗右衛門は茶碗を置くと、膝をポンと打った。

「お前さん。お比呂《ひろ》と長崎に行って、いろいろと調べてきてはくれませんか」

お比呂というのは善助の女房だ。木田屋で女中《じょちゅう》として働いている。

「私とお比呂で……」

「そうです。お前さん一人では寂しいだろうからな。そ、そうだ。もし、お満が長崎に留学することになったら、一緒に長崎まで行けばよい」

善助はしばらく考えていたが……。

「ははあ……。旦那様。つまり、こういうことでしょうか」

「どういうことだ」

善助は、また手のひらを擦り合わせた。

「つまりですな、もし、お満お嬢様が長崎に留学するとしたら、旦那様は道中《どうちゅう》が心配なわけです。雲助《くもすけ》に絡《から》まれるかもしれない。山中では山賊《さんぞく》に襲《おそ》われるかもしれない。だれか、お供《とも》をつけたいところだが、お満お嬢様に余計なことはしないでと叱《しか》られる」

「な、何だそれは……」

　善助は続ける。

「それに、そんなことをしたら、世間様から、親馬鹿だと笑われる。まして吝《しわ》い屋で名高い旦那様は奉公人に示しがつきません」

「だから、どうしたというのだ」

　善助は続ける。

「そこで、そんな筋書《すじが》きを思いつかれたのですな。私一人では寂しいだろうから、お比呂も一緒になどとは、心にもない口実で、女が同道《どうどう》していた方が、お満お嬢様に何かあったときに都合がよいからです。そうですか。あははは。そういうことでしたら、お比呂と一緒に、お満お嬢様のお供をいたしましょう」

　宗右衛門は大きな溜息をつく。

「善助。お前は奉公人で、私は主ですよ。たとえ、それが本当のことだとしても、主の気持ちを推《お》し量って、主に恥をかかせないような物言いをするのが奉公人の務めだとは思わないのか」

「ですから、旦那様が望まれている通りに、お満お嬢様のお供をすると申しているではありませんか」

善助は肩をすくめると、ぷっと吹き出した。

「馬鹿者〜。そういうことは心の中に押し留《とど》めて、口には出さないものだ」

宗右衛門は、冷えた茶を飲むと外方を向いた。


美雪はおけら長屋での暮らしに慣れてきたようだ。徳兵衛は美雪に、おけら長屋での暮らし方について細々《こまごま》と伝授している。

万造、松吉、八五郎という三人に近づいてはならない。あの三人は禍《わざわい》の元。何が起こるかわからないからだ。八五郎の女房、お里の言っていることは信じてはいけない。ほとんどが根も葉もない噂話や、勝手な思い込みで、正しい話はまずない。喜四郎《きしろう》とお奈津《なつ》が喧嘩を始めたら、すぐにその場から逃げること。巻き込まれたら大怪我《おおけが》をする。相模屋《さがみや》の隠居《いんきょ》、与兵衛《よへえ》が他人の悪口を言い出したら、ただ頷いていればよい。八百屋《やおや》の金太《きんた》が美雪さんの名を覚えずに「お狐《きつね》さま」

「大根さん」「腰巻さん」などと呼んでも悪気はないので、「はい」と返事をしていればよい……、などなど。

どんな長屋なのかと心配した美雪だが、そんな心配は無用だった。みんな、優しくて、愉快な人ばかりで、毎日が楽しかった。そんな中でも、美雪の心を癒《いや》してくれたのが亀吉だ。

久蔵の家で、亀吉と遊ぶ美雪。今日はお手玉だ。

「亀ちゃん。見てごらん。ねーねは、お手玉を三つにするよ」

美雪が、三つのお手玉を両手で回すと、亀吉は目を丸くする。

「どう？　ねーね、上手でしょ」

亀吉は手を叩いた。

「じゃあ、亀ちゃんは、ひとつのお手玉でやってみようね。ねーねが投げるから、受け取るんだよ。せーの」

美雪が優しくお手玉を投げると、お手玉は亀吉の両手をすり抜け、額《ひたい》に当たる。亀吉は額を両手でおさえて、後ろに引っ繰り返る。

「あー。亀ちゃん。わざとやったな」

美雪は亀吉を抱き締めて、くすぐる。亀吉は笑いながらも大騒ぎだ。

洗濯物を干《ほ》し終えて、お梅が戻ってくる。

「ごめんなさいね。一日中、亀吉がまとわりついて……。亀吉。ねーねは遊びに来てるんじゃないんだよ。疲れちゃうでしょう」

そんなことお梅の言葉をよそに、亀吉は美雪に抱きつく。

「そんなことありません。私が遊んでもらってるんです。私は一人っ子なので、亀ちゃんみたいな弟がほしかった……」

「それは亀吉も同じですよ。こんな嬉しそうな亀吉を見るのは、はじめてですから」

引き戸から顔を覗かせたのは、お染だ。

「美雪さん。待たせて悪かったわねえ。それじゃ、聖庵堂に行きましょうか」

美雪は名残惜《なごりお》しそうに亀吉を放すと立ち上がった。

お染と美雪は、聖庵堂に向かって歩く。美雪は唐突《とうとつ》に語り出した。

「二年前、母が亡くなったときのことは、はっきりと覚えています。その一年ほど前から寝込むことが多くなった母は、眠るようにして死にました。なんだか私も……」

　お染は立ち止まった。

「美雪さん。病は気からって言うじゃありませんか。聖庵堂でそんなことを言ってはいけませんよ。聖庵先生やお満先生は、美雪さんを元気にしようと頑張っているんですから」

　美雪は俯《うつむ》いた。

「お染さんの言う通りです。そんなことを言ったら、お満先生に叱られますよね」

「そうですよ。お満先生は怒ると怖いんですから」

「そ、そうなんですか」

「万造さんなんか、いつも怒鳴られてますよ。あははは。とにかく弱気になったら駄目です。美雪さんには、これから楽しいことがたくさん起こるんですから」

「本当に起こるかな」

　美雪は首を傾《かし》げた。

　美雪は大人《おとな》びている。体の弱い母と、仕官先を探して奔走《ほんそう》する父を支えて生きてきたからだろうと、お染は思っていた。しかし首を傾げる美雪は、年よりもあどけなく見えて、少し胸が痛んだ。

「起こりますとも。美味《おい》しいものをたくさん食べたり、美しい景色を見たり、好きな男《ひと》ができて、その男と一緒になって、可愛い子供が生まれて……」

「亀ちゃんみたいな子がいいなあ……」

お染は、思わず美雪の肩を抱き寄せた。これまでは、武家《ぶけ》のお嬢さんと思って子供扱いをしないようにしてきたが、そんな遠慮はもうやめようと思った。

お染は、身籠《みご》もった子を流してしまったことがある。

美雪は自分の子であり、おけら長屋の子だ。お染にはそう思えた。

美雪にもそんな気持ちが通じたのか、お染の肩に頭を寄せた。

「美雪さんなら、きっと可愛い子が生まれますよ。ただし、その前にいい男を選ばないと、ね」

「……男の子は、あまり好きじゃないの。すぐからかってくるでしょ」

「あら。誰か心当たりがあるような言い方じゃないの」

二人はくすくす笑いながら、寄り添って歩いた。知らない人には、仲のよい母《おや》子《こ》に見えるだろう。

二人は聖庵堂に着いた。美雪はお満のいる部屋に入る。お満は美雪の額に手をあて、脈をとり、目や口内を診た。

「変わったことはないかしら。身体のどこかが痛いとか、心《しん》の臓《ぞう》がどきどきするとか」

「特に……」

お満は、美雪の肌がますます透き通るように白くなっているように思い、眉《まゆ》をひそめた。

「夜はよく眠れてる？　ご飯はどう？」

「はい。昨晩は、辰次《たつじ》さんがメザシを焼いてくれて、お梅さんと亀ちゃんとお染さんと一緒に食べました。今朝は、お里さんが葱《ねぎ》のお味噌汁《みそしる》を作ってくれて……」

嬉しそうに話す美雪を見て、お満は安心した。

美雪は、少し躊躇って――。

「あの……。お満先生はどうして医者になろうと思ったんですか」

「人の役に立つ仕事がしたいと思ったから。それに、おっかさんを早くに亡くしたからかなあ。医者になれば、おっかさんのような人を助けることができるかもしれないでしょう」

美雪の目が輝いた。

「私も同じです。私も医者になりたいです。二年前、母が亡くなったときから、ずっと思ってました。お満先生が医者になりたいと思ったのは、何歳ごろのことなんですか」

「そうだなあ。美雪さんと同じくらいのときかなあ……」

「お満先生。私も医者になれるでしょうか」

お満は、きらきらと輝く美雪の目を見て、かつての自分を見る思いがした。

「もちろん!」

「本当に?　私でも?」

「なれるよ。必ずなれる。美雪さんに医者になりたいという思いがある限り、誰かを救いたいと願う気持ちがある限り」

お満は、自分の言葉にはっとした。医者になりたくて家を飛び出したとき、聖庵が言ってくれた言葉だった。

「……そのためには、元気な身体にならなきゃ。医者はね、身体が丈夫でなければできない仕事なのよ。人の病は医者の都合に合わせてはくれない。三日も寝られないことだってある。だから、今は私の言うことをよく聞いて、元気になることだけを考えてください」

美雪は大きく頷いた。


その夜、お満は酒場三祐に顔を出した。気を利かせたお栄は、万造と呑んでいた松吉に声をかける。

「お前さーん。厨の棚が傾いちゃったのよ。晋助《しんすけ》おじさんは疲れたとか言って寝ちゃったのよねえ」

松吉は厨に消えていった。お満は万造の前に座った。

「長崎行きに選ばれたんだってな」

お満は目を伏せた。

「なんでえ、まだ悩んでるのかよ。自分の思い通りにすりゃいいじゃねえか。それが女先生の生き方だったんじゃねえのか」

お満はゆっくりと顔を上げた。

「私って弱いんだなってわかったわ。医者になりたくて木田屋を飛び出したときは、失うものなんて何もなかった。勢いだけだったし、おとっつぁんに対する面《つら》当《あ》てだったのかもしれない。心のどこかで、何かあれば木田屋に帰ることができるという甘えもあったんだと思う」

お栄が徳利と猪口を持ってきて、お満の前に置く。お栄はすぐ厨に消えた。

「でも、今は違う。聖庵堂には私を頼りにしてくれている患者さんがたくさんいる。おとっつぁんも、もう歳だし。私が長崎から戻る三年の間、ずっと元気でいられるとは限らない。それに……」

お満は、万造に注がれた酒に口をつけて、目を伏せた。

「万造さんと三年も会えなくなるなんて……」

万造は、にこやかな表情《かお》で酒をあおった。

「ちっちぇえなあ」

「小さい？」

「ああ。そうでえ。お満。おめえは何のために医者になったんでえ。病《やめえ》で苦しんでる人たちを救いたかったからじゃねえのか。まだ、二十歳《はたち》そこそこじゃねえか。今の患者も大切だろう。木田屋の旦那のことも心配《しんぺえ》だろう。だがな、もっと先のことを見てみな。これから、お満が救える人たちは何十人、何百人といるんだぜ。長崎に行くのはそのためなんじゃねえのかい」

松吉とお栄は、厨の陰から聞き耳を立てている。

「強いね。万造さんは」

「強くなんかねえや。てめえのことじゃねえから言えるんでえ。お満。顔を上げて、おれの目を見ろ」

お満は顔を上げて、万造の目を見つめた。

「お満。てめえのことは、てめえで決めろ。その上でこれだけは言っておく。ご承知の通り、おれは半端者《はんぱもん》でえ。先のことなんざ何にも決めちゃいねえ。店の仕事なんざいつ辞めたってかまやしねえ。だが、ひとつだけ決めたことがある。おれが女房にする女は、お満しかいねえってことだ。だから、お満が長崎に行こうが行くめえが、そんなこたあどうってことねえのよ。十年だって、二十年だって待ってやらあ。だから、後悔しねえように自分で決めるんでえ。わかったな」

お満の頬に涙が伝った。

「ありがとう。今の言葉は一生、忘れない。一生の宝物にするよ。聖庵先生が、長崎行きの返事は先延ばしにしてくれてるの。自分と向き合って考えてみるね」

万造とお満の話を聞いていたお栄は、松吉の耳元で囁《ささや》く。

「いい場面だねえ……」

松吉は何も答えない。

「お前さん。どうかしたの？」

「いや、何でもねえ。先に帰《けえ》ってるぜ」

松吉は厨にある裏口から出ていった。

お栄が、かたづけを終えておけら長屋に戻ると、部屋に灯《あか》りがついていない。

「どこかに行ったのかしら。まったくもう……」

お栄は行灯《あんどん》に灯《ひ》を入れた。

「………。うわぁ〜」

部屋の隅で膝を抱《かか》えるようにして座っているのは、松吉だ。

「驚かせないでよ。そんなところで何をして……」

「……万ちゃん、いなくなっちまうのかな」

松吉が呟く。

「そうは言ってなかったでしょ。万造さんは、何年だって待つって……」

「万ちゃんは強がってかっこつけてやがるけど、ほんとは一緒に行きてえはずだ」

お栄は松吉の隣に座る。

「そうだね……、え」

ふと見ると、松吉の頬で行灯の灯が光った。

お栄は目を瞠《みは》る。普段の松吉は、頭のよくまわる、いかにも勝気な江戸の男だ。そんな松吉が、暗闇《くらやみ》でしくしく泣いていたのかと思うと……。吹き出しそうになる自分を抑えて——。

「な、長年の相棒《あいぼう》だもんね。万松と呼ばれる二人だもんね。お前さんの気持ちはわかるよ」

松吉は、ずるずるっと鼻を啜る。

「わかるもんけえ」

「ひょっとして、最近お前さんが元気なかったのは……」

松吉は、手拭いで鼻をかむ。

「万ちゃんは何も言わねえ。俺に心配《しんぺえ》かけたくねえんでえ。けどよ……」

お栄は、万造と松吉が一緒に商売を始めようかと、話しているのを聞いていた。奉公人よりそのほうが向いているとお栄にも思える。

お栄は、ぷっと吹き出す。

「な、なんでえ」

「わかってるよ、寂しいんだね」

お栄は松吉の肩に頬を寄せる。

「あたしは幸せ。お前さんと一緒になれて。あたしたちを一緒にしてくれたのは万造さんだよ。今度はあたしたちの番。万造さんとお満先生を幸せにしてあげたい。それができるのはお前さんしかいないんだよ」

松吉は鼻を啜った。

「そんなこたあ、わかってらあ」

「だったら、万造さんとお満先生を長崎に行かせてあげようよ。三年なんて、あっという間だよ」

「へっ。三年は長いってほざいてたのは、どこのどいつでえ」

「それは、万造さんとお満先生との話。お前さんや、おけら長屋の人たちは違うよ」

「どう違うんでえ」

お栄は松吉の腕にしがみつくと頬を寄せる。

「おけら長屋の人たちは、お天道様《てんとさま》なんだよ」

「お天道様……」

「そう。みんながお天道様なんだよ。辛いことがあったって、悲しいことがあったって、お天道様は必ず、東の空に昇ってきて心を温めてくれる。ずっと、ずっと……。いつまでも、ずっと、ずっと続くんだよ。だから三年なんて、へっちゃらなんだよ」

松吉の頭には万造、八五郎、お染、金太、鉄斎……。おけら長屋の住人たちの顔が次々に浮かんだ。その顔から感じられるのは温もりだ。

「おれは、いい女房をもらったなあ」

「今ごろ気づいたの？」

松吉とお栄は、しばらくそのままでいた。

六

美雪がおけら長屋に来て、ひと月がたった。

美雪は、おけら長屋の住人たちに可愛がられ、長屋暮らしにも馴染んできた。めまいや息切れを起こすこともあったが、横になると楽になるようで、おけら長屋に来てから身体が悪くなっているようには思えない。

聖庵堂では、聖庵とお満が美雪の病について語り合っている。

「その後の様子はどうだ」

「特には……。ただ、美雪さんの身体には腑に落ちないことが起こっています。

足に痣《あざ》があるのですが、ぶつけた覚えはないそうです」

「痣か……」

「それと、歯茎《はぐき》からの出血が見つかりました。それに、口内にはデキモノもあります」

　聖庵は唸る。

「うーん。母親は鼻血を出していたそうだな。それに、痣。歯茎からの出血……。文献でそのような病状を読んだことがある」

「どんな病なのでしょうか」

「わからん。だが、この病になった者は、いずれもその後、亡くなっている」

　お満の背中には冷たい汗が流れた。

「これは、わしの勘だが、血、または血脈に何かが起こっているのではないだろうか」

「血、ですか」

「そうだ。痣は細かい血脈から出血してできるからだ……」

　そこに駆け込んできたのは、お律だ。

「た、大変です。おけら長屋から魚辰《うおたつ》さんが来て……。美雪さんが倒れたそうです。鼻血を流して倒れていたそうです」

お満は立ち上がる。

「聖庵先生。私が行きます。美雪さんのことは私が任されたのですから。お律さん。手当箱をお願いします」

お満は聖庵堂を飛び出した。


お満が、おけら長屋に着くと、美雪はお染の家で布団に寝かされていた。意識を失ったままのようで、目を閉じている。お満はすぐに脈をとった。息はあるが、脈は弱くなっている。

「どんな様子だったのか、教えてください」

部屋にいるのは、お染とお梅の二人で、亀吉を抱いたお里とお咲《さき》は、引き戸の外から心配そうに中を覗いている。お梅の身体は震えているようだ。

「美雪さんは私の家で、亀吉と遊んでいたんです。私が洗濯をしていると、亀吉の泣き声がするので家に戻ると、美雪さんが倒れていて、鼻から血を流していました。み、美雪さんはどうなるんですか。もしものことがあったら、私は……」

お梅は泣き出した。お染はお梅の肩を抱き寄せる。

「お梅ちゃん。あんたのせいなんかじゃないんだから」

お満は美雪の手を布団の中に戻した。

「すぐに、美雪さんの父親を呼んでください」

「鉄斎の旦那が四谷に向かいました。魚辰さんは聖庵堂に走った足で、万松の二人と八五郎さんを呼びに行くと言ってました」

「そうですか。とりあえず、盥《たらい》に水、それから手拭いを用意してください」

そうは言ったものの、お満にはどうすればよいのかわからなかった。おそらく、聖庵が来たとしても同じことになるはずだ。

美雪の様子は変わらない。お満には美雪を静かに見守ることしかできなかった。

陽が沈むころ、三沢重秋が駆けつけた。腰から刀を抜いて、座敷に駆け上がった三沢は、美雪の顔を覗き込む。

「美雪……。先生。美雪はどうなるんですか。まさか……」

お満はか細い声で――。

「覚悟はしてください」

三沢は息を呑んだ。

「美雪さんの母上と同じ病と思われます。文献には美雪さんや、母上に起こったことと似た病のことが記してありましたが、今の医術ではどうすることもできません。できないのです。申し訳ありません。脈も弱くなってきています。おそらく、美雪さんは、このまま……」

三沢は拳《こぶし》を握り締めた。

「なぜ、なぜ、妻に続いて、美雪まで。どうしてこんなことに……」

半刻《はんとき》（一時間）後、美雪は意識を取り戻さないまま、息を引き取った。あまりにも突然の幕切れだった。座敷にいるのは、お満、三沢重秋、お染、鉄斎だ。美雪が亡くなったことは、おけら長屋の住人たちにも伝わったようだ。

お満は三沢に向かって両手をついた。

「力及ばず、申し訳ありませんでした」

三沢は取り乱すこともなく、丁重に頭を下げた。

「お世話になりました」

　住人たちがお染の家の前に集まり出した。

「美雪さんは、亀吉に会いたがっているよ」

　お里とお咲に背中を押されて、中に入ってきたのは、お梅と亀吉だ。お梅は、美雪の死に顔を見て泣き崩れる。亀吉は美雪の枕元に座った。

「みーねーね。ねんね。ねんね」

　お染は涙を堪えながら――。

「そうだねえ。みーねーねは、ねんねしちゃったねえ」

　亀吉は美雪の肩を揺すって起こそうとする。

「みーねーね。おてだま」

　亀吉は持っていたお手玉を美雪の額の上に置いた。

「ねーね、おてだま。ねーね」

　亀吉は、小さな手で美雪の顔に触る。

「ねーね、おっき、おっき……」

　亀吉は、美雪を笑わせようとして、お手玉を自分の額に当てて、後ろに引っ繰り返る。でも、美雪は動かない。お染は背を向けて、身体を震わせ嗚咽《おえつ》を洩らす。引き戸の外からも、啜り泣く声が聞こえる。お梅は、亀吉を抱き上げると、自分の膝の上に座らせた。

「みーねーねは、もう起きないんだよ」

三沢は懐から、折り畳んだ紙を取り出した。

「美雪は幸せだったと思います。最後におけら長屋で幸せに暮らせたのだと思います。昨日、美雪から手紙が届きました」

三沢はその手紙を鉄斎に手渡した。

「読んでよろしいのかな」

三沢は頷いた。鉄斎は手紙を広げる。

父上
お元気でしょうか。私はおけら長屋で楽しく暮らしています。
お染さんから縫い物の手ほどきを受けたり、お里さんからは煮物の味付けを教えてもらったりしています。みんな優しくて、面白い人たちばかりです。できれば、病が治ってもずっと、おけら長屋で暮らしたいです。

美雪はお満先生のような医者になりたいです。お満先生も美雪なら必ず医者になれると言ってくれました。

いいですよね。美雪が医者を志しても。

父上の仕官が叶うように祈っています。

美雪

鉄斎は手紙を畳んだ。

「聖庵堂の帰りに手紙を出したいって言ってたけど。これだったんだねえ」

お染は震える手で、美雪の頬を撫でた。

「名前の通り、雪のように白くて美しい顔だねえ」

お満は三沢に――。

「美雪さんは私に言いました」

《お満先生。私を治してくださいね。私のためじゃないんです。母上だけではなく、私まで死んでしまったら、父上があまりにかわいそうですから》

「本当に優しい娘さんでした」

お満の話を聞いた三沢は、張り詰めていた気持ちが切れたのか、美雪の亡骸《なきがら》を抱き締めて泣き崩れた。お満は一礼をして立ち上がると、お染の家から出ていった。

お満は二ツ目之橋《ふためのはし》で立ち止まり、空を見上げた。雲の切れ間で月が輝いている。

「一度も泣かなかったな」

横に立っているのは万造だ。

「美雪さんは、お満先生のような医者になりたいと言ったのよ。その美雪さんの前で泣くことなんてできない。私は美雪さんの憧《あこが》れの医者なんだから」

お満は何かを悟ったような目をしていた。

「長崎に行くわ」

「そうか……。行くのか」

「美雪さんのような人を助けられる医者になって帰ってこなきゃ、美雪さんに合わせる顔がないもの」

「いい台詞じゃねえか。それでこそ江戸っ子でえ」

「医者として、大きくなって、強くなって帰ってくるから。でも……」

お満は万造に身を寄せる。

「なんでえ」

万造はお満の肩を優しく撫でた。

「万造さんは、そのままでいてね、喧嘩っ早《ぱや》くて、悪ふざけが好きで、お節介で、自分のことよりも仲間のことが大切な、そんな万造さんでいてね」

「わはは。それじゃあ、馬鹿丸出しじゃねえか」

お満は、万造に抱きついた。

「万造さん……」

「何度も言わせるねえ。何十年でも待ってやらあ」

万造はお満を包み込むように抱き締めた。

「……それで、いつ発《た》つんだ」

「気が変わらないうちに、身支度《みじたく》ができたらすぐにでも発つわ。木田屋の三番番頭の善助さんが、夫婦で長崎に薬の買い付けに行くんだって。だから一緒に行くわ。女一人の道中は心配だからって、おとっつぁんが仕組んだことらしいけど、今度だけは、おとっつぁんに甘えることにする」

お満は澄んだ瞳で、もう一度、月を見上げた。


美雪の野辺《のべ》送りを終え、お満は長崎へと旅立った。覚悟はしていたものの、万造の心には穴があいたようだ。店の仕事は適当に切り上げ、おけら長屋に戻った万造は、酒を呑む気にもなれず、寝転んで汚い天井《てんじょう》を眺めていた。お満は今、どのあたりだろうか。戸塚《とつか》か藤沢《ふじさわ》あたりか。

引き戸が開いて、顔を覗かせたのは松吉だ。

「万ちゃん。お客さんだぜ」

「掛け取りなら、長崎に行ったとでも言ってくれや」

松吉は万造の戯言など聞いていないようで、その客とやらを引き戸の中へと招き入れた。

その客の顔を見て、万造は飛び起きる。

「お悠さん……」

「ちょいと、お邪魔するよ」

お悠は座敷に上がると部屋の中を見回す。

「気持ちいいくらい、何にもない部屋だねえ」

お悠は万造の前に正座をすると、切り餅《もち》を置いた。

「ここに二十五両ある。これを持って長崎に行きなさい」

万造は驚きを隠せない。

「ど、どういうことでえ」

「昨日、さくら屋に松吉さんとお栄さんが来てねえ、万造さんのことをいろいろと教えてくれたんだよ。あんたは自分のこと、何も話さないからさ」

「余計なことをしやがって……」

「自分のことを話さないって言えば、あたしも同じだねえ」

お悠は微笑んだ。

「あんたの父親は旗本《はたもと》だった。名前はどうでもいいだろう」

「おれの父親は生きているのか」

お悠は、そのことには触れなかった。

「あたしはそのお屋敷《やしき》で下働きをしていてね、そのお殿様と男女の仲になった。手をつけられたってやつじゃないよ。お殿様は奥方とは不仲だった。奥方は嫌《いや》な女でねえ。実家が格上《かくうえ》の大身《たいしん》旗本だったから、それを鼻にかけてさ。そんな奥方に怒鳴られながらも、一生懸命に働くあたしを、お殿様は愛しく思ってくださったんだ。あたしだって、そのころは健気《けなげ》な娘だったんだからさ」

お悠は照れたように笑った。

「だが、あたしが身籠もったことで、暇を出された。奥方の手前、仕方ないことさ。でもね、お殿様は、あたしとあんたの暮らしが立つように、お金を届けてくれたし、奥方の目を盗んで会いにも来てくれた。お殿様はいつも言ってたよ。旗本の嫡男《ちゃくなん》なんかに生まれなければ、お前とこの子と暮らせたのにって。この子っていうのは、あんたのことさ。貧乏な長屋暮らしでも、親子三人で暮らしたかったたって。そんな中、あんたがかどわかされちまってさ。あたしは途方に暮れたよ」

まるで他人事《ひとごと》のように語るお悠は、肝《きも》っ玉《たま》のすわった女に思えた。

「あれは何年前だったかねえ。あたしが小網町《こあみちょう》に引っ越してからのことだけど、いきなり、お殿様がやってきてね。今生《こんじょう》の別れだと言って、百両を差し出したんだ。訳は訊かないでくれと言う。よくわからないけど、お家で何か不祥事があったらしい。改易になるのか、蟄居《ちっきょ》させられるのか……。お殿様は遠いところに行くと言っていたけど、もしかすると腹を切るつもりだったのかもしれないねえ。あたしのために百両という金を掻《か》き集めてきたんだろうよ」

お悠は小さな溜息をついた。

「結局、あんたの父親は、惚れた女の側《そば》にいてやることができなかったんだよ。運命《さだめ》ってやつかねえ。女はねえ、惚れた男が側にいてくれるだけで幸せなんだよ」

お悠は万造の目を見つめた。

「だから、この金を持って長崎に行きなさい。お満さんの側にいてあげなさい。あんたの父親にはできなかったことが、あんたにはできるんだから。どうせ、たいした仕事なんざしてないんだろう。あんたがいなくなったって、困る人なんざいないんだろう」

「言ってくれるじゃねえか。ふざけるねえと言いてえところだが、その通りだから、何にも言えねえや」

万造とお悠は大笑いする。

「けどよ、俺は……」

「あんた、余計なことを聞いたんじゃないのかい。だからお満さんに一緒に行くって言わなかったんだろう」

万造は苦虫《にがむし》を嚙みつぶしたような顔をする。

「松吉さんが言ってたよ。あんたがあたしの身体を心配してるって、だから江戸に残るんだって」

万造は、お満をさくら屋に連れていく前に、お悠の体調がすぐれないと、お啓から聞かされていた。人前では見せないが、具合が悪くて起き上がるのも辛そうなときもあるという。お啓はそんなお悠をいたく心配していた。人と関わることが苦手なお啓がわざわざ話してくれたのだ。万造はよほどのことだと思った。

「松ちゃんの野郎《やろう》……」

舌打ちする万造に、お悠は――。

「おっと、そこまでだよ。長年の相棒のことを思って、あたしに話してくれたんだ」

「そんなことは、わかってらあ」

万造のすねた表情《かお》を見て、お悠は微笑む。

「馬鹿だねえ。自分の身体のことは自分でよくわかってる。確かに色々ガタはきてるよ。でもお呼びがかかるのはまだ先の話さ」

「そうは言ってもよ、……金はもらえねえ」

お悠は、なんとも言えぬ優しい表情をした。

「いいかい、万造。これはね、お悠として言ってるんじゃない。あんたのおっかさんとして言ってるんだ。おっかさんから出してもらった金なら、素直に受け取れるだろう。だって、あたしたちは母子《おやこ》なんだから」

お悠は万造の手を取る。万造もその手を握り返した。

「おっかさん……」

「金太……」

万造の顎《あご》はわなわなと震《ふる》える。

「……お、お、お、おれの名前《なめえ》は、きんたってえのか」

「そうだよ、金ちゃん」

万造は気を失いかけてよろける。

「も、もう一度おうかがいします。私の本当の名前は、金太とおっしゃるんですか」

「そうだよ、金ちゃん」

万造の口は開いたままだ。

「情けない顔をしてるんじゃないよ。江戸っ子なら、しゃきっとおし。気をつけて行ってくるんだよ。あたしは、あんたが帰ってくるのを二十五年も待ってたんだ。三年なんてどってことないさ」

お悠は立ち上がると、引き戸を開けて出ていった。

どれほどの時間《とき》がたっただろうか。万造は切り餅の前に座ったままでいた。引き戸を開けて入ってきたのは、松吉とお栄だ。

「そんなわけでよ、これはおれたちからの餞別《せんべつ》でえ」

松吉は抱えていた風呂敷《ふろしき》包《づつ》みを無造作に置いた。

「何でえこりゃ」

万造は結び目を解《と》く。

「旅支度ってやつよ」

「道中着《どうちゅうぎ》に三度笠《さんどがさ》だよ」

「馬鹿野郎。これじゃまるで渡世人《とせいにん》じゃねえか」

続いて入ってきたのは八五郎だ。

「おう。振分《ふりわけ》を持ってきてやったぜ。これをこうやって肩にかけてよ。何にも入《へえ》ってねえんじゃ寂しいだろうからよ、おれの褌《ふんどし》を入れといてやったぜ。使い古しだがよ」

「そんなもん、いらねえや」

続いて入ってきたのは、お里、お咲、お奈津だ。

「あたしは手甲《てっこう》」

「あたしは脚絆《きゃはん》」

「あたしは草鞋《わらじ》です」

そして、お染が入ってくる。

「そんな汚い着物じゃ、旅籠《はたご》に入れてもらえないよ。あたしが仕立てたもんだけど、これを着ていっておくれよ」

次に入ってきたのは鉄斎だ。

「万造さん。道中差《どうちゅうざ》しだ。誠剣塾からくすねてきた。研《と》いでないから刃先《はさき》は錆《さ》びているが、まあ、飾りってことで勘弁してくれ」

そして、入ってきたのは大家の徳兵衛だ。

「万造。往来手形《てがた》だ。人別帳を書き写したものも添えておいた。何かで役に立つかもしれんからな。なーに、三年とは言わず、十年でも、二十年でも行ってきてくれ。溜《た》めた店賃は餞別代わりにくれてやるわ」

「うるせえ。二十年って、そんなに生きてられると思ってんのか」

最後に入ってきたのは——。

「唐茄子《とうなす》（かぼちゃ）屋でござーい。唐茄子はいらねえか。おめえはだれだ。この唐茄子を持っていけ」

「何が唐茄子でえ。こりゃ、大根《でえこん》だろう」

万造は金太から大根を受け取ると、それぞれの顔を見回す。

「やけに手回しがいいじゃねえか。みんなでグルになりやがって」

松吉は徳利を一本だけ置いた。

「今日はこれだけにしときなよ。明日の朝は早《はえ》えんだからよ。男の脚なら、三島《みしま》か沼津《ぬまづ》で追いつけるはずでえ。店にはおれが伝えといてやらあ。万ちゃんは佐渡《さど》に流されたってよ。あははは。三年後に戻ってきたら、また面白《おもしれ》えことをやろうじゃねえか。地ならしはしておくからよ、楽しみにしててくれや。なあ、八五郎さん」

「おおよ。おれたちおけら長屋にとっちゃ、三年なんてえのは、ちょいと湯屋《ゆや》に行ってくるようなもんでえ。だから、明日の朝は見送らねえぜ」

お里が八五郎の額を叩く。

「何を言ってるんだい。お前さんの目から流れてるもんは何だい」

みんなが笑った。お染が立ち上がる。

「さあ、みんな。そろそろ引き上げようじゃないか」

一人になった万造は、大根を齧《かじ》りながら、座敷に積まれた道中支度の品物を眺める。

「金太の野郎、辛《かれ》え大根を持ってきやがって。涙が止まらねえや」

万造は、涙を拭った。

「……しかし、金太だったとはな。……このことだけは、墓場まで持っていかなきゃならねえ」

万造は徳利を握り締めると、その酒を呑みほした。

翌朝――。
万造は両国橋《りょうごくばし》の真ん中に立って振り向いた。東の空に陽が昇り始める。万造はおけら長屋に向かって何やら唇《くちびる》を動かすと、背を向けて歩き出す。その足取りは軽い。まるで陽の光に背中を押されるようにして……。

編集協力——武藤郁子

この物語はフィクションであり、実在した人物・団体などとは一切関係ございません。

本書は、書き下ろし作品です。

著者紹介
畠山健二（はたけやま　けんじ）
1957年、東京都目黒区生まれ。墨田区本所育ち。演芸の台本執筆や演出、週刊誌のコラム連載、ものかき塾での講師まで精力的に活動する。著書に『下町のオキテ』（講談社文庫）、『下町呑んだくれグルメ道』（河出文庫）、『超入門！　江戸を楽しむ古典落語』（ＰＨＰ文庫）、『粋と野暮　おけら的人生』（廣済堂出版）など多数。2012年、『スプラッシュ　マンション』（ＰＨＰ研究所）で小説家デビュー。文庫書き下ろし時代小説『本所おけら長屋』（ＰＨＰ文芸文庫）が好評を博し、人気シリーズとなる。

ＰＨＰ文芸文庫　本所おけら長屋(二十)

2023年３月15日　第１版第１刷
2023年10月27日　第１版第３刷

著　者　畠　山　健　二
発行者　永　田　貴　之
発行所　株式会社ＰＨＰ研究所
東京本部　〒135-8137 江東区豊洲5-6-52
文化事業部　☎03-3520-9620(編集)
普及部　☎03-3520-9630(販売)
京都本部　〒601-8411 京都市南区西九条北ノ内町11
PHP INTERFACE　https://www.php.co.jp/
組　版　朝日メディアインターナショナル株式会社
印刷所　図書印刷株式会社
製本所　東京美術紙工協業組合

ISBN978-4-569-90291-3

PHP文芸文庫

本所おけら長屋（一）～（十九）

畠山健二 著

江戸は本所深川を舞台に繰り広げられる、笑いあり、涙ありの人情時代小説。古典落語テイストで人情の機微を描いた大人気シリーズ。

PHP文芸文庫

スプラッシュ マンション

畠山健二 著

マンション管理組合の高慢な理事長にひと泡吹かすべく立ち上がった男たち。奇想天外なその作戦の顚末やいかに。わくわく度満点の傑作。

PHP文芸文庫

きたきた捕物帖

宮部みゆき 著

著者が生涯書き続けたいと願う新シリーズ第一巻の文庫化。北一と喜多次という「きたきた」コンビが力をあわせ事件を解決する捕物帖。

PHP文芸文庫

いい湯じゃのう（一）〜（三）

風野真知雄　著

徳川吉宗が湯屋で謎解き⁉　そこに江戸を揺るがす、御落胤騒動が……。御庭番やくノ一も入り乱れる、笑いとスリルのシリーズ！

PHP文芸文庫

おいち不思議がたり（一）〜（四）

あさのあつこ 著

舞台は江戸。この世に思いを残して死んだ人の姿が見える「不思議な能力」を持つ少女おいちの、悩みと成長を描いたシリーズ。

PHP文芸文庫

婚活食堂1～8

山口恵以子　著

名物おでんと絶品料理が並ぶ「めぐみ食堂」には、様々な結婚の悩みを抱えた客が訪れて……。心もお腹も満たされるハートフルシリーズ。

PHP文芸文庫

風待《かぜまち》心中

山口恵以子 著

江戸の町で次々と起こる凄惨な殺人事件、そして驚愕の結末！　男と女、親と子の葛藤が渦巻く、一気読み必至の長編時代ミステリー。